夏が逝く瞬間《とき》

—新装版—

原田伊織

夏が逝く瞬間《とき》　目次

夏が逝く瞬間《とき》

編集——今井路子
装幀——松本来夢

第一章
街道

1

中仙道はほとんどがくねっている。

二百メートル、三百メートルと真直ぐに走る部分がどこかにあるのだろうか。

例えばこの中仙道六十九次を歩き貫くなど今時できることではないが、それが美濃であれ信州であれ、真直ぐに伸びている街道という箇所はどこにもないように思われる。

その頃から私は、中仙道についてそういう印象を持っていた。

東海道にはそれがある。あるような気がする。

そして、東海道は片側に海が広がり、防風と防砂を兼ねた松林が一直線に晴れやかに伸びている。それが、東海道だ。

安藤広重が、東海道の幾つかの宿場に雨を降らせているが、あれは感心しない。

いささか類型に過ぎるが、雨と晴れという対比をするならば、中仙道が雨で東海道は晴れだという気がする。

もっとも広重にしてみれば、すべての宿場を晴々と描く訳にもいかなかったろう。雨の宿場もなくては困る。

またそのようなことを漠と考えながら、私は、細かくくねっている中仙道を鳥居本《とりいもと》に向かって村のはずれまで歩いてきた。

滋賀県彦根市原町《はらちょう》と、町などという表示になっているが、私の育ったこの村落はどこをどう見ても村であった。全戸数約四十戸。そのほとんどが中仙道を両側から挟み込むようにして、季節を問わずひっそりと佇んでいる。

私は、ここから約四キロ北に位置する鳥居本にある中学校に徒歩で通学していた。夏休み期間中のクラブ活動の時などを除いて、通学は徒歩と決められている。このことは、同じ鳥居本の小学校に通っていた時から変わっていない。

四キロの道程《みちのり》を徒歩で通学することを、辛いと感じるような時代ではなかった。

家を出てこの村はずれまで二百メートルあるかないかという短い距離の間に、中仙道は既に右に折れ、また左に折れており、同時にずっと登り勾配になっている。

村の北のはずれまで出て、漸《ようや》く平坦になった地点から鳥居本の方角を見通すと、右手の山裾に沿って中仙道が見え隠れしている。この先もこの街道はくねっているのだ。

街道の左手は狭い平地の水田になっていて、ちょうど稲が刈り取られた後だ。規則正しく並んだ稲株が何やら勢いを噴出しているようで、稲穂が見た目にもずっしりと重く垂れていたほんの少し前よりも、土地そのものに瑞々《みずみず》しい活力が感じられる。

平地の水田は、遥か鳥居本の方向へ少しずつ下っているように見える。そして、先へ行くほど幅が広くなっていく。

右手の山裾に呼応して水田を挟んでいる左手の山並みが、佐和山《さわやま》山系である。山系と呼ぶには背も低く、奥深くもない。かと言って、丘と言うには厳しく突っ立っていてのどかさに欠ける。私にとっては、幼い頃から私の世界を睥睨《へいげい》してきた揺るぎのない、やはり山系であった。

この連なりは、鳥居本のさらに先へ行って自ずと低く小さくなったところで琵琶湖に至る。私の住んでいた原町も隣村も、そして、さらにその北の鳥居本も、滋賀県と岐阜県を隔てる大きな山系の裾に当たる山並みと佐和山山系に挟まれた小さく細長い盆地のような土地に、当時のどこの農村地帯にもありそうな平凡な家並みを見せていたのである。

原町という集落は、この南北に細長い盆地の南の端に位置していた。そして、佐和山山系の山並みは、この盆地を彦根の町と隔てる為だけにそこに構えているようでもあった。

この何の変哲もない小さな盆地が、戦国期の終わり、つまり十六世紀までは、その時代の歴史に直接関わる重要な戦略地点であったことは、歴史家ならずともよく知られているところである。湖北の浅井《あざい》長政はここを南下して近江の実権を握り、織田信長も鳥居本の北、擦針《すりはり》峠から初めて近江へ入った。

近江を制する者は都を、つまり天下を制すると言われた直接の地理上の拠点がこの盆地なのだが、それはここが北陸道と都へ一気に南下するルートの分岐点に当たることに由来している。

それにつけてもこの土地に住む人々は、ここがこの国の歴史を刻む上でどれほど重要な位置にあったか分かっているのだろうか。なぜもっと己の土地に誇りを持たないのだろうか。

それが私には不愉快だった。ただ、黙々と土に向かって生きているだけのように見える。

土地と土とは違う。

それとも民、百姓にとっては余りにも過酷な歴史の積み重ねに、生きる知恵として歴史という過去の事実の堆積や時間の推移そのものに対して意識して顔を背けているのかもしれない。

そうなのだ、好きで土ばかり眺めて生きている訳ではない。過去や未来を含めて時代というその時々の現実を見たくないから、それと対峙したくないから顔を土に向けて伏せているだけなのだ。


きっとそういうことに違いない。

隣村の小野の入口近くに差しかかった時、私は、改めて反芻《はんすう》し終わっていた。

急ごう。

そうでなくても今朝は、母親の祖父の遺品である直真陰流《じきしんかげりゅう》の免許皆伝書をまた引っ張り出してきて眺めていたものだから、既に遅れ気味だ。

この、小野という集落も、今では彦根市小野町という立派な町名が付いているが、私の原町と同じように正体は村であることに変わりはない。原町も小野町も、元々滋賀県坂田郡鳥居本村に含まれるそれぞれ一つの字《あざ》であった。

いつから鳥居本村大字《おおあざ》原が彦根市原町に変わったのか、私は知らなかった。恐らくこういう変化も敗戦の所産であろう。このことについては、私は多分そうだという乱暴な結論を既に出していて、それ以上正確に知りたいとも思っていなかった。

ところが、小野はともかく、原町にとってはこのことは大きな問題になってもおかしくはなかった。

佐和山山系の西側は、狭いながらも琵琶湖岸に拡がる平野になっており、東側の鳥居本の在る盆地より一段低い。関が原の後、この平地に井伊家三十五万石の城下町が成立した。石高が三十五万石になるのは少し後のことだが、この彦根の町から見れば鳥居本は台地の上に在る。

私の原町は、この台地上の盆地の南端に位置し、ここで佐和山山系が尽きている。従って、原町から一気に坂を下れば直ぐ彦根の城下に出られる。事実、原町から彦根へ出る道、通称彦根道《ひこねみち》は下り坂ばかりで、自転車で一気に駆け下りるとものの十分もあれば彦根の町なかへ入ることが出来た。

坂田郡鳥居本村大字原という村は、距離だけで言えば本村の鳥居本よりも彦根に近かったのである。

市町村が再編された時、学区も再編し、原町の子弟は彦根のどこかの学校へ通うことになっても不思議ではなかった。坂田郡鳥居本村とそれを構成していた大字原は、それぞれ彦根市鳥居本町、彦根市原町となり、名前の上では同格になった。そして、距離は彦根の方に近い。

だが、学区は変わらなかった。

私は鳥居本小学校を卒業し、今、こうやって四キロの道程を歩いて鳥居本中学校に通っている。

市町村が再編されても学区は鳥居本のままという形が地理的な現実を無視して残されたのは、原町がずっと坂田郡鳥居本村に属していたことのみに拠る。村民も、それを当然のこととして何ら疑義を唱えなかったふしがある。

村民は、原町になってからも、彦根という鳥居本に比べれば都会と言っても恥ずかしくないような町へ出る方が遥かに距離が近いにもかかわらず、鳥居本という中仙道の古い宿場町に身体を向けて生きてきたのだ。この姿勢は、今も変わっていない。

歩きながら私は、自分自身の気持ちの持ちようもそうなっていることに気づいた。鳥居本に対しては皆が集まる場所という感覚があるが、彦根に対してはどうしても、出る、という気持ちになっている。事実、村の大人たちもその表現を使う。

こういう例は、原町という局地的な村落に住む人々の場合だけでなく、もっと広い局面でも存在する。

私は、小野の家並みに囲まれた街道を緩く下りながら納得していた。やはり灰色の瓦と白壁、土壁の民家が中仙道を両側から挟んで列《つら》なる小野という集落は、全体的に鳥居本に向かって下っている。

例えば、滋賀県という単位で考えてみても、湖東湖西を問わず、また湖北であっても、この県全体が常に京都を向いている。

滋賀から見て近辺の大都会と言えば、南の京都か大阪、そして東の名古屋である。湖東の彦根辺りから真直ぐ測れば、京都より名古屋の方が近い。しかし、心理的には名古屋に向かって関心を払う者はまずいない。皆、日々の生活の姿勢は京都に向けている。

近江という滋賀の古名は、都から見て近い水のある地というような意味だが、まさにこの地は京都文化圏なのだ。

原町からみた鳥居本と彦根の関係を、滋賀からみた京都と名古屋のそれに置き換えて考えるのはいささか乱暴な気もしたが、とにかく私は納得して歩を進めた。

六十余洲という表現があるが、無数の山々によって隔てられてきた農村集落から成るこの島国の各県は、平面的な距離だけでは理解出来ない吸引関係を持っている。

私は、この種の歴史的、地理的な考察が何よりも好きだった。

小野のはずれに差しかかっていた。

小野も直ぐに通り抜けられる小さな集落だが、戸数は原町よりやや多く、五、六十戸はある。それだけで私は、原町より上だと思っていた。

さらに、小野には煙草と切手や葉書、バケツや糊《のり》を売っている店が一軒在る。物を売っている店が在るという事実は重大で、この点が原町とは決定的に違う。

このことは、私のささやかな、それでいて拭い切れないコンプレックスの一つになっていた。

小学校、中学校と通い続けている鳥居本は、これはもう根本的に異なる。

物を売る店が沢山在る。薬屋も一軒在り、立派な医者の家も一軒在る。この医者は、原町まで往診もしてくれる。

宿場町のこと故、本陣はさすがに風格のある構えをしているが、そういうことよりも文房具屋が在ることの方が、中学生の今でも町としては値打ちがあるように思える。文房具屋では、駄菓子や面子《めんこ》なども売っていた。

学校の在る場所というのはその地域の中心であるから、さすがに大したものだと常々思っていた。

小野という自分の在所《ざいしょ》よりは一寸上の村を経て、遥かに多彩で豊かな顔を持つ鳥居本という中心地へ通うこの流れは、私には学校という勉学の場へ行くという目的に照らして自然と手順が施されているようで理に適っているようにも感じられた。

小野を完全に抜け切ると、急に視界が広がる。

左手間近に佐和山が、山系の中での位置を誇示するかのように天に突き出ている。視界の前方には下り気味に水田が拡がり、その先に鳥居本の家並みが密集している。

街道は緩やかなカーブを描いて下り、家並みの中に吸い込まれていく。鳥居本は、今日も煙ったような空気の中に優しく佇んでいる。

2

昭和三十五年、秋色が定まる気配を感じたこの日、同時に感じ取れるようになった来たるべき季節の冷気が、この里の景色にも落ち着きを齎《もたら》していた。

私は、体育館の北側の端で、腰を下ろして体育館のコンクリート壁にもたれて息を整えていた。一人で約五キロと言われているロード走を終えてきたところだった。

鳥居本中学校は比較的新しい中学校で、私が小学校三年生の時に今の校舎が出来た。

私が二年生のこの時、この中学校の全校生徒数は百八十名前後に過ぎなかった。

私の一年上の三年生が三十五名前後、私たち二年生が五十名余り、残りが一年生で全体の約半数を占めている。今年の一年生から急に人数が膨らんだ。

彼らは、昭和二十二年四月から翌二十三年三月の生まれだ。後世、団塊の世代と呼ばれることになる初年度世代に当たる。

私の年度から既に始まっているのだが、戦争が終わればたちまち子供が増える。私は、実はこのげんきんで生々しい現実に少なからずショックを受け、失望も感じていた。人間というものは、何と動物的過ぎる生き物であることかと。

もう直ぐこの中学校も教室が足りなくなる。このことは、今の小学校の生徒数を見てみれば明白で、推計とか予測などという話ではない。今の時点で百パーセント確実なことなのだ。

と言うのも、この鳥居本には、小学校と中学校が一つずつしか存在しない。

鳥居本小学校を卒業した者は、そのまま鳥居本中学校に入ってくる。既に中学校までを義務教育とする学制が定着しており、引越しで出ていったり、逆に転校生でも入ってこない限り、今年の小学校六年生の人数は翌年の中学校一年生の人数となる。

彦根を含めた近在に私立の中学でもあれば、話は少し違ってくるのだが、そういうものは全く存在しない。鳥居本小学校を出た者には、鳥居本中学校に進学すること以外に他の選択肢は存在しないのだ。

かくして私たちは、義務教育の九年間という長い年月の間、同じ顔ぶれで学校生活を送ることになる。

この中学校は確かに新しい。

ただそれは、安普請の校舎が新しいのであって、中学の設立そのものは、大した差ではないが、終戦直後の学制改革まで遡る。

当初鳥居本中学校は、今の鳥居本小学校の中に置かれた。進駐軍の意向に沿ってスタートした六三三制の学制に合わせて開校したものだが、制度は直ぐに変えられてもそれに沿った校舎を始めとする設備が急に整う訳がない。

小学校は、この中学校から五百メートルほど南にある。田舎らしく豊かな樹木に囲まれ、この中学校の校庭から見ると黒緑の小さな森のように見える。

幸いなことに、明治以来の歴史を持つ鳥居本小学校には、敗戦の頃教室に余裕《ゆとり》があったらしい。そこで、学制改革で急遽中学校を創るという段に、小学校の校舎の一部を鳥居本中学校としたのである。

小学校はもちろん古い木造建築だが、さすがに広くて分厚く構えている風があり、敷地の周りにはかなりの樹齢を重ねた桜の樹が連なり、いかにも学舎《まなびや》と呼ぶに相応しい落ち着きを備えていた。

佐和山に向かって、つまり琵琶湖の方角を向いて二階建ての正面棟があり、これと直角に交わって三棟の教室棟が並んでいた。講堂や給食棟は別棟であり、それぞれの教室棟や別棟はすべて屋根も窓も備えた廊下棟で繋がっている。棟の間には、細かく区分された花壇が、校舎の為に敷き詰められた絨毯《じゅうたん》のようにほど良く整備されていた。学校全体に奥行きというものが感じられた。

そう言えば、正面棟の二階には、八十畳はあろうかという和室の大広間もあった。

それに比べてこの中学校はどうだ。

木造モルタルの急ごしらえで、一階建ての教室棟が一棟あるだけだ。あとは体育館と教室棟に付け足された用務員室があるだけで、どうにも重みというものがない。数十年という樹齢を数える桜の古木など、望むべくもない。

皆は新しくて綺麗などと言っているが、あの古色蒼然とした小学校の方が、私はよほど気に入っていた。

汗が冷えてきた。このままでは、肩も冷えてまずい。

私は、クラブ活動でハンドボール部と野球部を掛け持ちしていたのである。一方で、今日の長距離の練習は、今月末に迫った県大会に向けてのもので、学校の方で陸上部がある訳でもないのに私を含めて三名を陸上県大会に出場させることにしたのである。

他のことでは簡単には学校の方針などに従わないのに、ことスポーツに関しては多少の理不尽があったとしてもそれを受け容れてしまうところは、私もいい加減なものだった。

元来球技なら何でも好きで、また得意でもあった私は、肩が冷えるとか膝に掛かる負担というような問題には過敏だった。もちろん、スポーツ科学とかスポーツ医学などという考え方はおろか、そういう言葉など聞いたこともない時代である。出来る選手はかくあるべしという、単なる気取りがそうさせていたことは間違いない。

私は、着替えの為に教室へ戻ろうと水道場《ば》の方へ歩き出した。

校庭の、体育館と反対側の奥で、庭球部の部員がきゃあきゃあと賑やかに練習をしている。ほとんどが女生徒だった。

所詮、女のやるスポーツだ。これが、その頃の私のテニスに対する認識だった。

この時、この田舎の中学校の校庭の奥で行われていたのは軟式テニスであり、柔らかいゴム球を使うテニスである。本来のテニスというものが、これとは全く違った硬球というものを使うことは知識としては知っていたが、私は、まだテニスの硬球というものを見たことも触ったこともなかった。

それでいながら、軟式であるという事情が私がテニスを見下す一因になっていたかもしれない。

水道場まで来て、ハッとした。

水道場の先の正面昇降口の脇に木津香織《きづかおり》が、身体を昇降口の壁に預けて軽く両手を組んで庭球部の練習を視ている。教室履きのサンダルのままだ。

タイトスカートの曲線とその下の白い脚の直線が眩しかった。

木津香織は、音楽担当の教師であり、庭球部の顧問だった。

学校の各クラブにはそれぞれ担当の教師が付き、それを顧問と呼んでいた。

私の野球部やハンドボール部にも当然顧問はいたが、滅多に顔を出さない。練習スケジュールやその内容は、すべて主将の責任において決め、練習は自分たちだけでやる。顧問の教師が、グラウンドで指導するなどということはあり得ない。

理由は簡単で、顧問の教師に指導出来るだけの知識も技術もなかったからである。顧問の仕事と言えば、せいぜい大会や遠征試合など、対外試合に出ていく時の引率くらいのもので、それとて主催者や相手の学校に対する礼儀や配慮に基づく形式に過ぎない。

クラブ活動は、実質的に生徒の自治によって成り立っていた。技術的な指導は、頻繁に顔を出すＯＢの役割になっている。

そういうクラブ活動の事情の中で、木津香織は異色だった。

去年の四月にこの中学校へ赴任してきて庭球部の顧問に就《つ》くや否や、自らグラウンドへ出てコーチを始めた。

このことは、直ぐ生徒たちの間で話題になった。

「あの先生、凄いぞ」

こういう声が私の耳にも入ってきていた。そういう木津香織に関する情報の中で、私は、彼女が国体に出場した経歴を持っていることを知った。

放課後になると必ず校庭で何かのスポーツをやっていた私は、何度も彼女が練習に付き合っている姿を見ている。そして、内心、本物だと思っていた。

ただ、テニスというスポーツに対する認識が変わった訳ではなかった。プレーヤーとして、木津香織が本格的だということが一目瞭然だったのである。

この二学期が始まる前の夏休みの終わり頃、ハンドボール部と庭球部の練習日が同じ日の同じ時間帯になることがあった。

自分たちのほんの短い休憩時間に、砂場の脇の鉄棒にもたれて身体を休めながら、私は、他の部員たちと庭球部の練習を眺めていた。

木津香織が、サーブの見本を示していた。

エンドラインぎりぎり、サイドラインぎりぎりというサービスが鋭くコートに突き刺さっていく。

「凄いよな」

そばに腰を下ろしていた寺本が、呟くように唸った。

サーブをする時、しなやかな香織の身体が弾かれたようにそり返り、短いスカートから伸びた脚が一段と伸びやかに完全な直線となり、次の瞬間に土を蹴って躍動する。

その二本の直線の色と跳躍が、言いようもなく美しかった。

「実際、凄いよな、隼人《はやと》」

寺本が今度は私の方へ顔を向けて、また言った。私に同意を求めている。

「やっぱし、テニスは脚やな」

私は、聞かなくてもいいと言わんばかりの、ひとり言のような調子の応《こた》えを返したものだった。

その木津香織が、今日はグラウンドには出ずにこんな所から生徒たちの練習を、ただ凝視《みつ》めている。厳しい目線が、一定の幅で左右に忙しく運動している。

この至近距離で挨拶もせずに教室へ入ってしまっていいものか。

香織の方から私に気づいた。

「あら、河合君、今日は陸上なの」

私は、とりあえずほっとした。

練習を見ていた表情とは一変して柔らかい微笑をたたえて問い掛けた香織からは、一瞬の間に鋭い目線が消えている。

香織は、身体の向きを私の方に変え、組んでいた両手を解いて後ろに回し、上半身と笑顔を一寸前に突き出しながらさらに言った。

「どう、調子は」

軽くからかっているような調子にも聞こえた。

「やったこともない相手やし、やってみんと分からん」

私は、意識してぶっきら棒に返した。

「自信、あるんだ」

香織が、嬉しそうな表情で応じた。

「自信なんかない、ぼろ負けするとも思わんけど」

「やっぱり、自信あるんじゃない」

香織の表情は、もう屈託のない笑顔になり切っていた。木津香織とは、こういう少女のような笑顔を持っていたのだ。私は、少し不思議な思いでその表情に吸い込まれていた。

「自信なんかないって。ただ、勝負事は何でもやってみんと分からん」

私の方が所在なげに腕を組んだり、腰に両手を当てたりして香織に応じている。このまま教室へ入ってしまう気にはなれなかった。

「河合君は、やると思うわ。でも、無理しちゃ駄目よ。ハンドボールも野球もやって、その上長距離のトレーニングだなんて」

香織は、自分の足許に視線を落とした。そして、ふっと顔を上げ、私を真直ぐに視た。何か言葉が出てきそうで、一瞬の間《ま》があった。

その短い間が私には堪えられず、先に言葉を発してしまった。

「今日は先生、どうしたんか、練習見んと」

香織の表情に柔らかい微笑みが戻った。もう庭球部の練習の方へは目をやらず、身体ごと私の方を向いたままだった。

「うん、まだ一寸整理が残ってるの」

香織が、教室脇に沿って二、三歩私に近づいた。私も無意識に水道場の裏へ歩を進め、教室へ入る三、四段の低いコンクリートの階段の方へ寄った。香織との距離が縮まった。

各教室の後ろの校庭側には、教室から直接校庭へ出られる出入口があり、ドアを開ければちょうどドア一枚分の幅しかないが、低い階段が教室と校庭を結んでいる。

ハードであることが伝統として誇らし気に受け継がれているハンドボール部の夏練習は、炎天の午後一時に始まり、ほんの短い一回の休憩のみで夏の夕空を星が覆い始めると上がることになっているが、その時、脚がほとんど動かずこの短く低い階段が登れない。脚が痛いというような普通の感覚はもはやなく、ただ脚は全く上げられず僅か数十センチのこの階段に身体を倒し込んで、微かに残された上半身の力だけで這って登る。私たちハンドボール部員の身体から噴出した塩が染み付いている階段だ。

香織がさらに、校舎脇をその階段の二、三メートル近くまで寄ってきた。

私は、階段から数メートルの、水道場の裏側のプラタナスの樹の横で足を止めた。香織に汗の臭いを嗅ぎ取られることを恐れていた。

「河合君は、根っからのスポーツ好きね。それで成績もいいんだから、文武両道ってとこね」

「先生は、テニスうもうてピアノ弾けて、学校の先生やろ」

「どれも中途半端。特に先生っていうのが一番駄目だわ」

「一番駄目なもん、仕事にしてるんか」

「あらっ、言うじゃない。河合君の専門は何かな、野球、それともハンドボールかしら。それとも県体に出るんだから陸上かな」

「好きこのんで県体に出るんと違う」

「そうねえ、急に選手を出すって言うんだもんね。やる気も出ないかもね」

「その日の相手の顔見て、勝負するかもしれん」

香織は、軽く声を挙げて笑った。

私は、内心少なからず動揺していた。自分は今、木津香織と会話をしている。一対一で会話を交している。

それは、無意識に近いところでずっと憧れていた空想の中の一シーンに近かった。

ただ、願望と言ってもいいその空想の中では、自分はもう少しましな身なりをしているはずだった。少なくとも、ランニング用の短パンと上が野球用のアンダーシャツ、右手にシューズ一足をぶらさげ、左手には汗拭き用のタオル、アップシューズをきちんと履かず踵《かかと》を出して、シューズの踵部分を押し潰してサンダルか草履でも履いているかのように足を引きずって歩いているというぶざまな恰好ではなかったはずだ。

夢想していたことの一部分が叶ったとしても、現実のタイミングとか巡り合わせというものはこういうものだ。人間社会の喜怒哀楽とは、実は多くの場合、この夢想と現実の微妙なギャップの中にこそ存在する。

私は、一瞬の哲学をする余裕を自覚した。そして、その哲学が昂揚した気持ちの隅をよぎった途端に、多少動揺が治まった。


日が少し短くなったような気がする。

練習を終えて、木津香織と思わぬ遭遇をして、教室で暫《しば》らくその余韻に浸り、着替えを済ませて、香織はまだ職員室かどこかにいるのだろうかと心を残して学校を出て、原町と比べれば遥かに大きくて貫録を感じさせる、かつての宿場町鳥居本の家並みを脇目も振らず通り過ぎて町はずれまで来ると、やや右手正面にやはり一人突き出ている佐和山はもうシルエットになっていて、薄暮の青空と鮮やかなコントラストを成していた。

帰り道は、鳥居本の町はずれから小野まで斜め右手に佐和山を見ることになる。佐和山の山並みと中仙道との間には、収穫を終えたばかりの水田が文字通り広々と広がるばかりだが、それはただ水平に面を成して広がるのではなく、山あいの土地のこと故複雑なアンジュレーションを呈している。一枚の水田はそれぞれ一反にも満たない小さな水田が、簡単には数を読めないほどに敷き詰められ、全体が凸凹の絨毯のようにも見える。

鳥居本から小野までのまだ松並木を残し蛇行している街道からこの緩やかな起伏を持つ平地を隔てて私には毅然とした様《さま》に見える佐和山は、私の小学生のいつの頃からか私に対して常にそういう態度で君臨してきた。

三成に過ぎたるものが二つある　島の左近に佐和山の城

歴史に残るこの著名な表現は、私をいたく満足させていた。それはそうだろう、あの頂に白亜の天守をいただき、中腹から山裾をそのままの地形を生かした城郭で張り巡らせせば、佐和山が周囲から突き出ているだけに山城としての堅牢さと威風は大層なものであったに違いない。

実際に山頂の天守跡まで登らなくてもその中腹からでも、鳥居本の反対側になる琵琶湖を見渡すと、足元に広がる徳川譜代井伊家三十五万石の城下町彦根とそのシンボルである彦根城が小さく、ちっぽけに見える。よく言っても、こぢんまりと可愛く見えてしまうのである。このこともまた、当時の私を満足させるものだった。

彦根城や井伊家と言えば、中学生であれば一度は教室でその名を聞き、教科書や参考書でその文字に触れなかった者はまずいないだろう。日本史の好きな者は、安政の大獄や桜田門外の変といった通り一遍のこと以外に「井伊の赤兜《あかかぶと》」くらいの言葉と意味は知っているかもしれない。

それに比して三成は分が悪い。

ましてその居城佐和山のこととなると、一般人の頭にある歴史の埒外にある。三成が生死を賭して筋を通そうとした関が原の合戦とは、ほとんど家康の戦いとしてしか語られていない。その上、純軍事的には家康は敗北しているにもかかわらず、歴史は家康の偉業のスタートとしてこの合戦の定義付けを常識として揺るぎのないものにしている。

これらのことは、私の歴史感覚の中では著しく正義に反していた。彦根城と佐和山は、少なくとも対等な重さを以て語られるのが歴史上の筋というものだ。

佐和山のどこからでも彦根城下を見下ろした時の地理的、地形的な優越感は、そんな私にささやかな正義を実感させてくれたのである。

帰り道の小野の入口まで来ると、佐和山は右手真横に位置を変えている。

シルエットが濃くなっている。日が随分と早くなった。

この先小野の村落に入ってしまうと、街道に覆い被さるように建ち並ぶ家並みに遮られてその頂は見えなくなる。

私は、何かに区切りを付けるような気持ちで身体ごと振り返った。

いつの間にか薄く黒々とした色に変わっている鳥居本の集落からちょうど佐和山に向かって、提灯の灯のような橙色《だいだいいろ》の灯りの短い列がゆっくりと動いていく。ほとんど動きのない薄暮の景色の中でその橙色の列は、周りの景色を刺激しないように気を配るかのように静かに移動していく。

近江電車だ。

近江電車は、湖東地方で唯一の私鉄で、鳥居本の北、米原《まいばら》と、遥か南、もう信楽《しがらき》や甲賀に近い貴生川《きぶかわ》を細々とした単線で結んでいる。

電車は二輌仕立てで、一時間に二、三本、少ない時間帯では一本の割合で湖東の水田地帯をのどかに走るのである。

木津香織が、多賀大社で知られる多賀から通ってきていて、この近江電車を利用していることは知っていた。一年後輩の、庭球部の榊原純子が、得意気に語ってくれた情報である。純子がご注進に及ぶまでもなく、私にもそうらしいという程度にこの情報は届いていた。

虚実入り混じって木津香織に関する情報が、校内に行き渡るのは実に速かった。

ひょっとしたら、木津香織はあの橙色の灯火《ともしび》の中にいるのではないか。

突然私は、香織について重大な、他の誰にも言ってはならない何かを発見したかのような驚きを感じた。

いる。

今、自分の視界ぎりぎりの縁を横切っていくあの電車の茫洋《ぼうよう》とした灯りの中に、香織はいる。

私は確信した。いや、疑いたくなかった。

あの電車は、佐和山の左下、つまり南側に切り通された隧道《すいどう》を抜け、彦根、高宮を経て多賀まで香織を運んでいく。

ほんの数十秒で橙色の短い列は、佐和山の麓の黒に吸い込まれるように消えていった。蠟燭《ろうそく》の頭の灯が一つずつ順番に消えていくように、橙色の列が消滅した。

香織がいなくなった。

私は、帰る方向に背を向けたまま街道の真中に突っ立って、また何も動かなくなった橙色があった辺りの夕闇を凝視《みつ》めていた。

夕刻の街道には、秋の匂いが沈澱していた。

第二章
伊吹降ろし

1

十月の下旬ともなると、鳥居本辺りは晩秋の香りと色に覆われる。

中学校の裏手の、いずれは擦針峠に連なるさほど高くはない山々にも黄とくすんだ赤、朱、橙が不規則に現れ、日を追って黄の勢いが他を圧していくように思われた。

心の平穏を保つのに苦悶する毎日が続いていた。

陸上県大会の時にはそれが既に大きな塊になって私の精神の重心によどんでいて、勝負するという気概に全く欠けていた。男子二千メートルに出場し、四位に落ちて三位以内を逃した。

当時、中学の陸上県大会には千五百メートルではなく、二千メートルという種目があったのである。

この、我ながらぶざまな結果が、余計に私を追い込んでいた。

近江電車の、心細気ではあるがどこか揺るぎのない灯りに香織の存在を不意に嗅ぎ取ったあの日からこの状態が始まり、日を経るに従って平穏が保てなくなってきている。

あの日から後、何度か香織と言葉を交す機会はあった。

しかし、言葉を交すというには余りにも一方的過ぎた。私は、ほとんど合槌程度の言葉しか発していなかったような気がする。

第一、香織が何を言ったか、脈絡が頭に残っていなかった。ただ幾つかのフレーズが、断片的に耳と目に残っていた。

毎夜、布団に入っても、そのフレーズが文脈というものを持たずに闇の中で鮮やかに駆け巡り、それに伴って香織の表情が、生き生きと様々に迫ってきた。

「夏も秋も、そう、来年もくるのよ」

「どうして充分アップしないで、いきなりダッシュに入るの」

「黄色から橙、そして灰色になっていく、寂しい色。でも、いとしい季節だわ」

「日本的だとか、日本男児なんて言葉、今のお利口さんは使わないでしょ」

大体、これらがどういう順で新しいのか古いのか、二日も経てばそれ自体が判らなくなっていた。ましてどういう文脈の中で発せられた言葉だったのか、その言葉を含む流れが頭に残っていない。

私の、苦悶を伴う混乱状態が続いていた。

そのうちに、自分の気持ちの持ちようを自分で制御出来ていない、そのこと自体に苛立ってきて、混乱に益々拍車をかけた。

たかだか十四歳の少年ではあったが、気持ちの持ちようを自分自身で制御出来ないことを腹立たしく思い、そのことにまた不安と焦燥を感じ、悪循環に陥っていくという私の心理癖には、実は私にとっては少しばかり深刻な原因があった。

いや、私が勝手に自分を追い込んでいったという経緯《いきさつ》があるので、原因というのは当たらないかもしれない。そういう、少年に背伸びを強いる事情があったと言うべきだろう。


私の母、八重子は、士族の出だった。

いかに何でもこの時代に、士族などという言葉は既に死語である。

公にも人はすべからく平等になった。学も無く、中国戦線前線での実戦体験しか私に語るものを持たなかった父でさえ、

「今は民主主義の時代やから」

と、「民主主義」を連発する時代でもあった。

この場合、父が民主主義という言葉の意味を正しく解していたということはあり得ない。それは父に限ったことではなく、当時の私の周りの人たちにとってこの言葉は、例えば明治の黎明期《れいめいき》における御一新《ごいっしん》という言葉に近かったように思われる。

民主主義という言葉を多用すること自体は母とて同じであったが、母の場合は、祖父が越前鯖江《さばえ》藩の近習頭《きんじゅうがしら》を勤め、維新の動乱時に京へ出てきたという実家で、士族の娘として気位《きぐらい》高く仕

付けられたらしい。

御一新の後、四民平等になったとはいえ、例えば、路地の裏々にそれと判る御用を伺う豆腐屋の声を聞きつけた母の祖母に頼まれた祖父が、裏木戸の前でステッキを右手に真直ぐ立てて豆腐屋を待ち受けていると、豆腐屋はなかなか我が家の方には近寄らなかったという。何とか豆腐屋を攌《つか》まえんものと眼光鋭く路地の角を凝視《みつ》める祖父と、出来るだけ祖父の視界に入らないように別の路地を迂回しようとする豆腐屋の、一丁の豆腐を巡る攻防は、少女の母から見ても滑稽なものがあったという。

間が悪く祖父の視線に攌まった時の豆腐屋は、その瞬間に覚悟するのだろう、ぴたっと足を止める。すかさず祖父の怒声のような声が飛ぶ。

「おい、豆腐屋」

この、渾身の力を込めた声と、今にも右手のステッキを振り上げるのではないかと錯覚するような、立合いの時を思わせるその目付きが、豆腐屋にはよほど恐ろしかったらしい。

大正という時代になってもこれが士族というものの様であったと、母は往時を愛惜《いとお》しむかのように話していた。

母が大切にしていた祖父の遺品には、第十四代鹿島神伝《かしましんでん》から受けた直真陰流の免許皆伝書といった古文書と言ってもいい物が多かったが、私が一番驚いたのは、そういう士族の家の匂いを感じさせてくれる物と一緒に母が取っておいた母自身の尋常小学校の時の通信簿だった。

母がこれを初めて私に見せたのは、確か私が小学校をそろそろ終えようとしていた頃だったと思う。

そこに記録されている母の小学校時代の成績には、さほど興味はなかった。甲とか乙とかいう文字を、そのまま当時の私たちの通知簿の五とか四という数字に当てはめていいものかどうか、私には判断がつかなかったのである。

大体、私の母という人は、こういう物を息子に見せるについても余り説明や解説をしないところがあった。

これがフィリピンの前線から送られてきた弟からの手紙だ、これは自分の子供時分の通信簿だと、いってみれば荷札の標札だけを告げるようなもので、例えばこの荷の中身は西瓜《すいか》だが、促成栽培で採れたもので高価な物であるなどという風に中身についての梗概《こうがい》や所見というものを加えることが余りなかった。

その点では、我が子に対して非常に不親切な母親だったと言えるだろう。もっともその分、男ばかりの三人の子供にもつきまとうという風がなかったから、何事も一筋縄ではいかないと言われていた当時の私にしてみれば、付き合いやすい母親であったとも言える。

問題の母の通信簿には「身分」という欄があり、そこに「士族」という文字を目にした時、子供なりに整理されていたはずの私の時間軸は一瞬にして大混乱に陥った。

知識としては知っていることでもその実態と遭遇した時、人は自分のあらかじめのつもりに反して、己のあらかじめの知識の敗北を悟り仰天したり驚愕することが間々あるものだ。この時の私が、まさにそれである。

昭和は、もう三十五年も経っている。ひょっとしたら、あの我が国の元号の歴史上最も長かった明治に並ぶくらいまで続くのではないか。

昭和は、二十年八月を以て別の時代になったとは言っても、それからでも既に大正に並ぶ十五年目に入っている。自分の周りには、八路軍《はちろぐん》の手榴弾《しゅりゅうだん》で肉を削《そ》がれて無数の溝を作っている全身と指が一本足りない左手を持った父親の無残な肉体以外に、戦争の痕跡などあろうはずがない。少なくとも当時の私には、それ以外には見当たらなかった。

「封建的な」時代は両親たちの時代で終わっていて、今は男女同権で民主主義になったのだ。

そこへ突如「士族」などという、民主社会にあるまじき言葉が飛び出してきた。しかも、それが愕くほど身近なところに眠っていたのを見てしまったのである。

ところが、不思議なことにその時の私は、この「士族」という二文字に何ら反撥も嫌悪感も感じなかった。

日々何かが新しくなっていくことを子供でも実感出来、新しくなることは紛れもなく正しいことだという空気が琵琶湖湖東の山あいの里にまで充満していたこの時代に、このような不埒《ふらち》と言ってもいい言葉に、未来にしか視線をやっていなかった新時代の少年がなぜ反撥しなかったのだろう。

むしろ私は、全く種類の違う衝撃を受けていたのである。

母親が士族だとすれば、自分にも武士の血が流れているということではないか。

正直なところ、これはえらいことだと思った。

世が世ならば、自分は武士として考え、武士として立ち居振舞わなければならないはずだ。たまたま、今はいい。

しかし、それはどこまでいってもたまたまであって、自分を規定する普遍というものに照らせば、最後は武士であらねばならない。

武士ならば、腹を切らねばならない。

果たして出来るだろうか。

他人《ひと》はいい。その必要はない。しかし、武士を引き継ぐ自分は駄目だ。彼らを代表してでも、腹は切らなければならない。

後から考えると馬鹿げていて、笑い飛ばされそうな話ではあるが、当時の私の深刻な悩みは実はここから始まったのである。

最も大きく重苦しい問題は、腹を切らなければならないという、言わば古典的なテーマ、その一点だった。

武士であろうとするならば、腹を切らなければならない。武士が腹を切るという行為の精神文化的な背景や直接的な政治的事由のことはさて置き、私はその行為そのものに慄《おのの》いた。想像の中で、それまで経験したことのない恐怖にたじろいだのである。

苦痛に違いない。いや、苦痛などという尋常な言葉が当てはまる次元の感覚ではないに違いない。

私は、知り得る限りの切腹して己の人生に区切りを付けた人物を思い浮かべてみた。

明智光秀の急襲を受けたとはいえ、織田信長がそうだ。

信長の妹お市の方を正妻に迎えた浅井長政も、信長の指揮下、秀吉に攻められ、小谷《おだに》落城の際それをやって果てた。

鳥居本は往時、浅井の領内だった。

お市の方の次の夫となった柴田勝家もまた、北の庄落城に際し長政と同じ運命を辿った。

この近江、琵琶湖周辺に関わる人物たちのケースが、まず思い起こされた。

しかし、彼らの場合は、戦闘の果ての落城という、言わば極限状況の中でそれが行われている。

そういう状況で人間は、プラスにせよマイナスにせよ、つまり敵に対しても己に対しても自身の自覚する限界を超えたエネルギーを発揮するものではないだろうか。喩えとしては少し的がずれているような気もするが、火事場の馬鹿力と言うではないか。

果たして、それだけで出来るものだろうか。

どうにも気持ちが治まらなかった。

戦闘の果ての落城という修羅場以外で腹を切ったのは誰だ。

大石内蔵助《くらのすけ》以下赤穂《あこう》の浪士たちがいる。

彼らは、今日か明日かと死刑の執行を待つ死刑囚のような日々を三ヶ月ほど送っている。その上での切腹となると、これもまた尋常ではない。よほどの胆力が求められたことだろうし、彼らがそれを備えていたことになる。

私は、このことを母親との話題にしてみた。

いつもと特別には変わらない、穏やかな休みの午後だった記憶がある。

縁側で、手入れが行き届かず雑草が混じったままの庭の小さな築山を所在もなく眺めながら、縁側から二畳分ほど内側でやはり雑然とした築山の方を向いて時折そちらに目をやりながら針仕事をしている母に声を掛けた。

「赤穂義士は、ほんまに切腹で死んだんか」

母は、こういう話題を唐突にぶつけられることが平気な質《たち》らしく、いつも日頃と変わらぬ調子で応じる人でもあった。

その時母が言ったことには、人は切腹だけではそうそう簡単には絶命出来るものではないらしい。

その為に介錯人が付く。介錯人が首を撥ねることによって絶命し、切腹という形が成立するという。

それでも、その儀式は凄惨なものらしく、赤穂の浪士たちの切腹に立ち会った検視の武士たちの幾人かは、その日は湯漬けしか喉を通らなかったという。そういう記録が残っているらしい。

そもそも十代もまだ中頃の少年に、こういう話を求められたとはいえ淡々とする私の母とは、どういう人間だったのだろう。士族の娘であったという出自と関係することなのだろうか。

さらに母は、続けた。

時代も下《くだ》って、この時母は、確かに「下って」という言い方をした。このことは、後々まで妙にはっきりと記憶に残っていた。

時代も下って元禄の頃になると、武士も心身共にひ弱く変質していたという。武士という形式が引き継がれていたのであって、実質は剛健などという気風は失われていたという意味のことを、珍しく解説した。

鎌倉の古刀は野太く重いが、元禄の頃に造られた刀が概して細身であることも、一つの証になるらしい。

そういう時代になると切腹の作法も変化し、完全に儀式化していく。腹に当てる小刀《しょうとう》、とりあえずは肉を切るべき刀も本物の小刀を使わず、扇子を替わりに使うことがあったようだ。

腹を切るという行為が完全に儀式化したものだが、考えようによっては武士が腹を切るという意味だけは純化して全うされている。

母は、赤穂浪士たちが扇子を腹に当てるという形を採ったとは直接的には語らなかった。しかし、私には、その可能性が高いと言っているようにも聞こえた。

私は、どこかで少しほっとしていた。

鎌倉から元禄に至る時間の中での武士の変質はともかく、また切腹という武士のあり方を象徴する行為がいかに儀式化、様式化していったとしても、とにかく赤穂の浪士たちは介錯されることによって果てたのだ。言ってみればこれは、処刑としての斬首であって、己の意志のみで腹を割くのではなく、他からの強制力が行為の主たる力になっている。

ひょっとしたら、母が可能性として示唆していた、小刀替わりに扇子を使うということがあったのではないか。

私の心底に、そうであって欲しいという、切ないとも表現すべき願望が渦巻いていたことを白状しなければならない。

時間が経つにつれてそれは、真実はそうに違いないという思い込みにまで膨らんでいった。

とにかく、怖かったのである。

この、私の内なる事件は、簡単には終息しなかった。

信長も浅井長政も、そして柴田勝家も、腹を切る形での自害とは言っても介錯をした者がいる。彦根の町に在る二館の映画館の内の一つ、彦根東映で、武将のそういう最期を何度か観たことがある。

かつての武士でも、純粋に腹を切ることだけで自分の命に意味付けをして果てることなど、そうそうたやすいことではなかったということだ。苦悶の中で彼らはそれを実感し、その積み重ねが介錯人を添えるという形を形成《つく》っていったということではないか。

しかし。

時代が下って維新の動乱の時には、つまり、母の祖父が京に出てきた頃には、多くの下級武士までもが腹を切っている。新撰組などその筆頭かもしれないが、彼らの場合には介錯人などいなかったことも多かったはずだ。純粋に自力で腹を切り、強制であれ何であれその目的を遂げている。

これは、どういうことなのか。

維新が成立してまだ百年も経っていない。赤穂の浪士たちが討ち入り事件を起こして処刑されてから維新までは百六十年以上の時が流れている。

つまり、時間の距離で言えば、大石内蔵助より自分の方が維新に近いのだ。

まだ、ある。

アメリカとの戦争に負けるという段になって、一体どれだけの軍人が腹を切ったことだろう。昭和二十年八月十五日のことだけではない。その前から南方戦線やビルマ戦線、あるいは支那戦線の前線で部隊が壊滅的な打撃を受ける度に、また玉砕の度に腹を切る指揮官が続出している。八月十五日には、阿南《あなみ》陸軍大臣も腹を切っている。

僅か十数年前、せいぜい十五年前の出来事ではないか。維新から数えれば八十年ほど経っていて、動乱の時とはそういうことも起こり得るのかとも思えるのだが、自分の生まれた頃の出来事だと考えると慄然とするのだった。

維新以降のこれらの行為を武士の精神文化の発露としてのエネルギーを顕すものだとすれば、元禄の頃に一度衰弱したその力は、百六十年もの雌伏の時を経て再び甦ったことになる。そして、その後も動乱の度に、消えたかに見えた火が折からの突風に煽られて再び炎を揚げるかのように、この精神エネルギーの火は燃え盛っている。

自分は、何と恐ろしい血筋に生まれてきたのだろうか。

2

赤穂の浪士たちのことで縁側から母に問い掛けた日から一週間も経っていなかったと思うが、また私は、洗濯物を折り畳んでいる母に問い掛けた。

洗濯物を畳む時、母は、継ぎを当てなければならない物を脇へよける。古くなったタオルや手拭いは、もう雑巾にすべきかどうか一寸考えてから、また元に戻すことが多かった。

赤穂浪士たち以降維新までの平和な時代に腹を切った人間は多くいるのか、いたとすればそれはどういう人間なのかという私の問い掛けは、今考えると難問であったに違いない。

母は一瞬手を休め、正面の床の間に向かって身体を立て直し、遠くを見るような目線になった。そして、直ぐまた取り込んだ洗濯物の山に身体を倒して元のリズムに戻り、それは各藩の家老ではないかと言った。

江戸時代の家老たちは、半分くらいが切腹しているという。そういう研究があるという。

私は、愕然とした。同時に、観念した。

母は、さらに追い討ちをかけた。

家老という立場の人間の切腹の典型例は、幕末にもあるという。

幕末というより実質的にはもう明治の幕開きという時を迎えてもなお徳川政権への筋を通して、まさに女子供までをも兵力として動員してまで薩摩、長州に対して激しい抵抗戦を繰り広げた会津藩は、文字通り壊滅した。

この時、どういう始末が行われたのか。

この頃私は、漠と藩主松平容保《かたもり》が切腹でもさせられたのだろうと思っていた。

母が言うには、会津藩が降伏した時、誰が藩を代表して腹を切るかがやはり問題となって、多少揉めたらしい。結果的にその役目を負ったのは、四番家老であったという。

筆頭家老ではなくなぜ四番家老だったのか、その細かい経緯は母も知らないという。

この時点で薩長軍は官軍である。

会津は、正しい軍隊に対して間違った不正な戦を挑んで敗れたというのが、この時の政治論理になるらしい。

当然、何らかの始末をつけなければならない。つまり、誰かが責任を取らなければならない。

武士の世界では、責任を形にすることによってのみ、物事は完結する。

始末をつけるとは、そういうことなのだ。

それを誰にも分かりやすく具現化することが、切腹という行為に他ならない。つまり、腹を切るということは、責任を取るということと全く同義である。

母の解説をかい摘むと、こういうことになる。

会津は、四番家老に腹を切らせることによって官軍に対して弓を引いた責任を取り、薩長はこれを了承して、事は始末された。

元々薩長の目的は、徳川政権を倒しこれに取って替わることであったから、徳川政権時代と全く同じ形で会津藩を取り潰す必要は何もない。自分たちの正当性が示される始末が行われれば、それで充分であったのだろう。

それにしても、家老とは辛い存在だ。

事が起これば藩という組織を代表して責任を取る、つまり切腹する為に存在するようなものではないか。

後年母の死後、江戸中期の家老百数十人の最期を調べた研究家の発表を偶然目にする機会があった。何と、六十数パーセントの家老が切腹していた。

いずれにしても、その時私は観念した。

武士が責任というものから逃れることは出来ない。

腹を切るという行為が責任を取るということの最も分かりやすく、明確な形だとすれば、日頃から覚悟を決めておかなければならない。

折から中学入学前の春休みに入り、私は、吉川英治の「宮本武蔵」に熱中した。

貪るように読むという言い方があるが、私のそれはすがるようにと言った方が当たっていた。ケース入りの数巻もある大部だったが、私は、まさにすがるような向き合い方で読みふけった。

そこにあった武蔵の禁欲的な生き方が、心地良かった。

少年期とは、性的欲求が無分別に膨張する一方で、誰もが僅かでも清廉という気分を好む心情を持っているものだ。だからこそ、我慢出来ずに自慰行為にふけった後には強烈な自己嫌悪に陥るのだろう。

清廉という気分に己に対する厳しい律し方が加わった吉川英治の描く武蔵の世界は、清冽なショックを私に与えた。

運命として自分の考える規範通りに、その規範に対しては厳しく己を縛って生きてみよう。

流行《はや》りの民主主義だとか、男女同権などという今時の風潮に惑わされてはいけない。そういうものに気を奪われているから、武士の末流に在りながら切腹を怖がってしまうのだ。民百姓に理解されなくても、何を恐れることがある。武士にとっては己の確信こそが行動の規範なのだ。間違っても衆愚に陥ってはいけない。

何とも堅苦しい話だが、武蔵を読みふけりながら私は、幼い思想を凝り固めていったのである。何か得体の知れない不安の元凶が、すうっと身体の奥下に沈澱していき排泄されていく、そんな心地良い感覚に浸りながら、その時の私は、気分はすこぶる凛々しかったのである。

この心情が、徐々にではあったが私から切腹に対する恐怖心を拭い去っていった。よほど武蔵という存在と波長が合ったのだろう、そうなると私は、武蔵がそうしたように自分で木刀を削りたくなった。

もっとも、私に共鳴振動を起こさせた武蔵は、吉川英治の手になる武蔵であって、歴史上の現実としての武蔵とはかなり乖離《かいり》していたかもしれない。

この当時、私の祖父が桶や籠を作って生計を助けていた。

村人たちは、祖父のことを「桶屋の金蔵《きんぞう》さん」と呼んでいたが、所謂《いわゆる》桶屋というものとは少し違っていて、お櫃《ひつ》や盥《たらい》といった桶の範疇に入る物はもちろん作っていたが、私の印象では竹籠を編んでいる方が多かった気がする。

桶作りについて、長方形の木片で円筒を作り、竹の縄で締め上げるだけでなぜ水の漏れない桶が出来上がるのか、私は幼い時から不思議な仕事だと思っていたが、籠作りは幼児から見ればもっと奇怪だった

魚籠《びく》のような小振りの物から、百姓が全身で背負う草刈籠のような大きな物まで種類は多かっ

たが、すべて竹で編むのである。母が毛糸で手袋を編むように、祖父は、ささくれ立った、堅い節を持つ竹材を、巻尺《まきじゃく》や金指《かなざし》で測りもせずに適当な長さと幅に切ったり割いたりして整え、自由になり難いそれらの材料にまるで格闘するかのように立ち向かっていた。

出来上がった籠を見れば、竹材が浮かび上がらせる格子模様の整然とした様が美しく、今なら人は職人技だとか、大袈裟《おおげさ》な人なら匠《たくみ》の仕事などと褒《ほ》めそやし、祖父はいっぱしの職人として地方紙のコラムなどに登場したりしているかもしれない。

しかし、幼い私にしてみれば、鋼《はがね》のように頑強なあの竹が、どうして丸くなったり、綺麗に揃って紋様を作るまでに素直に治まるのか、編み始める時の竹材が祖父の仕事場でもあった玄関を入って直ぐの土間の天井に届かんばかりに荒れ狂っている様子を日頃から見ているだけに、それは言いようのない不思議であり、怪奇な現象だった。祖父が編み始める時の竹材の、制御を拒否するかのような荒れ狂う様が、まるでお化けの手のようにも感じられ、最終的にはいつもそれを見事な美しさを持つまでに治めてしまう祖父の籠作りという仕事は、やはり怪奇な仕事と言うしかなかった。

このような事情で私の家には、木工、工芸に必要な道具が種類も豊富に揃っていた上、門前の小僧ではないが、私も他の子供たちよりはそれらの扱いには慣れていた。

さすがに桶と籠に関しては村中の需要を一手に賄《まかな》っていただけのことはあって、鉋《かんな》にしても鋸《のこぎり》にしても大小はもちろんのこと、その形も様々なものが、玄関を入って直ぐ左手の一段高くなっていた六畳以上はある板の間に敷き詰めて並べられていたのである。

これらの道具というものは神聖なもので、幼い頃はこの板の間に敷き詰められていた金槌《かなづち》一本にでも触れることは許されなかった。まして、土間で祖父が仕事をしている時に脇を通り抜けようとして道具を跨《また》ごうものなら、尋常な仕置きでは済まなかったのである。裏庭の柿の木に荒縄で縛りつけられたこともあった。

鉋の刃を研ぐことを教えられた小学校の五年生辺りからだったろうか、祖父も父も特殊な鑿《のみ》の一部などを除いては私が勝手にそれらの道具を使うことに寛容になったというか、むしろそれを喜ぶ風に感じられるようになり、私は捕獲した野鳥を飼う小屋とか、竹製のスキー板とかを自前で作るようになっていた。

武蔵のように自分で木刀を削ろうといとも簡単に思いついたのも、こういう環境にあったればこその発起であったと思われる。

木刀の材料に事欠かない環境でもあったことは言うまでもない。

出来るだけ硬質の材料で作りたかった。そこいらにある杉では駄目だ。檜《ひのき》か、いや樫《かし》の方が堅くて良さそうだ。

私は、いつも遊び場にしていた神社の社殿の裏から山へ入ることにした。樫でなくてもいい、何か堅い木が見つかるはずだ。

村の神社は、我が家の裏の竹藪のさらに裏手に在ったのだが、通り道のない竹藪を通り抜けるのは難儀で、一度玄関前の中仙道へ出て、五十メートルほど下って地主の「宮喜《みやき》」の横から参道に入って正面の鳥居から入る。

地主の「宮喜」とは、この原町が鳥居本村大字原であった昔からの大地主で、農地改革でその多くを小作人に売り渡すことになったとはいえ今も大地主であることには変わりなく、戦後は醤油の醸造も行っていてその屋号を「宮喜」と言った。

神社の背になる山は、社殿の裏手から一気に競り上がっていて、ここが佐和山山系の尽きる位置に当たる。つまり、神社裏手から頂上まで登り、そのまま尾根伝いに北へ向かえば佐和山に至るのである。

村の悪童仲間と途中までは何度となく登った神社の裏山だったが、登り詰めて尾根伝いに北進していったのはこの時が初めてだった。

春がもう熟していた。

とりあえず神社裏山の一番高い位置まで登り、そのまま灌木の間を五分も進んだ辺りで一段と高い台地に辿り着いた時、私は息を呑んだ。

左手の琵琶湖が、大海原のように広がっている。霞がかかっているせいだろう、向こう岸は海と空が一体になっていく様そのもので、全く見えない。

まだ高い西陽を浴びて湖面は白く光る平原となり、南へ向かってこれもどこで果てているのか判然としない、茫漠とした遠景がまた心地良かった。

右手下には、白く蛇行する中仙道が何やら心細気に見える。所々で緑の群れに寸断されながら、その先でそれを吸い込んでいるあの集落は小野だ。中仙道の脇にも小野の周囲にも、黄色や薄い赤が勢いづいて見える。

確かに、新しい季節が既に熟していた。

第一、風の匂いが違う。

神社に来て登り始めるまでは風を感じなかったが、上に来ると尾根の灌木は絶え間なく激しく揺れている。

しかし、寒さを感じることはなく、草と水が一緒になったような涼やかな匂いがする。これは、何の匂いだろう。

この風上に佐和山が在る。古城址から吹いて来る風とは、こんなにも瑞々しいものなのか。

左に圧倒的な湖が広がり、この山系に隔てられて右手下中仙道沿いにへばり付いているような小さな集落。私の原村も隣村の小野も、その先にかすかに望める鳥居本も、こんな窮屈な山あいに閉じ込められていたのか。

周囲二百キロメートルもある湖は、もはや海と言ってもいい。現に、台風の季節になると、高さ数メートルという波が押し寄せることは何度も湖岸で体験している。

左手の大海から吹き寄せているであろう風も、波のざわめきも、このさほどの高さも深さもない山系がすべてを遮り、右手下の私の世界は静かに沈澱しているかのように里として佇んでいる。

この時私は、悲しみにも近い一種の衝撃を受けていた。

そして、二時間近く後、全く種類の違う衝撃に打ちのめされながら、私は佐和山城址に棒のように突っ立っていた。

もはやそれは、神々しいまでの圧倒的な存在だった。

確かに天守閣が在ったことを示すように長方形に平たくなった佐和山の頂上に登り着いた瞬間、私を待ち受けていたように伊吹山《いぶきやま》が襲いかかってきたのである。深い緑と紫の混じった、天空に浮かぶ塊が、まさに呑み込まんばかりに私を圧倒し、私を睥睨している。長方形の天守跡を取り囲むようにして密集している木々が、激しく轟々と音を立てる。

伊吹山とは、こんなに巨大だったろうか。こんなに間近だったろうか。そして、こんなにも神々しい姿をしていただろうか。

激しい風を吹きつけてくる。

標高一、三七七メートル、近江で最も高いこの山は、近江の東北端に位置し、その北向こうは岐阜から福井である。山頂からそのまま東を下るその山脈は、岐阜との境界となって南下し、鈴鹿山脈と繋がって南東の三重との境界を成す。山頂から近江北端を経て西方向へも山脈を拡げ、比良《ひら》山系に連なって京都を隔てている。

伊吹山は、母親が赤子を包み込むように北陸を背にして両手で琵琶湖を囲み、琵琶湖と共に棲《す》む近江の生きとし生けるものを外界から守っている。

伊吹山が吹き降ろす風は、美濃の側では関が原に大雪を齎し、美濃の人々にとっては厳しい冬の、避け難い自然そのものであろう。

だが、近江湖東から湖北の人々が口にする伊吹降ろしという言葉には、どこか慈母を敬愛するような、あるいは守護神からのお使いを迎えるような敬虔《けいけん》な響きがこもっている。

「もう、そろそろ伊吹降ろしか」

と言いながら、曲がった腰を精一杯伸ばしてどんよりと雲が静止したままの冬空を見上げながら祖父がその言葉を口にする時も、決められた約束事が果たされる時のように、どこかそれを待っているかのような心持ちが感じ取れたものである。

今、私が対峙している伊吹山は、決して鋭角的に天を突くように立つのではなく、むしろ低く、広く、重々しく構えている。しかし、その頂は天空に在り、その色は緑とも紫とも言い難く、雲の白であろう、白い帯がまとわり付くのを為すがままにさせながら泰然としており、私を睥睨しながらも畏怖させるということがなかった。

それまでに、この山は幾度となく見ている。学校の往き帰りにも、小野の村はずれのような見晴らしの良い場所では天候によってはその頂が目に飛び込んでくる。伊吹降ろしが雪を運んでくる季節には、その頂自身が白光りして、私の冬の景色を冬らしく落ち着かせる素材として欠かせない存在だった。

しかし、今、伊吹は遠景ではなく眼前に在る。

色も形も大きさも、日頃の景色の中の伊吹ではなく、荒々しくはないが力強く、天を突くといった高さではないが他を圧しており、近寄り難いという風はないがどこか神々しい。

この激しい空気の流れは、伊吹山の息吹きなのだ。

佐和山も、眼下の鳥居本も、伊吹山の息吹きに包まれているのだ。

私は、五分も突っ立っていたろうか、そのうちに自分の内に澱んでいた湿った塊が、散り散りと霧消していくのを感じた。

伊吹山の息吹きに包まれている。そう実感したこの時、私を苦しめた切腹の悩みは一気に霧消した。

第三章
匂い

1

このような複雑な、いや多分に屈折した経緯《いきさつ》を経て、苦しんだ挙句に獲得したと信じていた己の自己制御力とはこんなにも脆いものだったのか。

少年とは、悩むということについてもどこまでも背伸びするものかもしれない。

木津香織という一人の女教師の存在だけで、こんなにも簡単に揺らぐ程度の「確固たる精神」だったのか。今、何か起こればどうするか。

腹立たしい毎日だった。

こういう状態にいた昭和三十五年の晩秋も押し詰まった頃、一つの事件が起こった。

校長権藤が、十一月七日月曜日の全校朝礼の際、私にとってはとんでもない発令をしたのである。

権藤は、この四月に赴任してきた。木津香織のちょうど一年後だ。

とてつもなく目玉が大きく、赤ら顔で、顔面の肉がいかにも分厚く、それは恐ろしい顔つきをしていた。所謂ぎょろ目というやつだが、単なるぎょろ目だけなら中には可愛げのある顔もある。しかし、権藤のそれは違う。

元々色黒だと思われる顔の肉が厚い上に赤味がかっていて、形が四角い。目の下にも肉の膨らみが盛り上がっている。もちろん、唇もどす黒く分厚い。

私は、これは日本人の顔ではないのではないかと、半信半疑以上に思っていた。

さらに悪いことに権藤の腹は、その縦に短い身体の中で一番幅があった。彼のはくズボンは一体どういう洋服屋で売っているのだろうと不思議にも思っていたそのズボンは、常にショルダーベルトが支えていた。

人間は、特に男児たる者、涼やかであらねばならない。

口には出せないことではあったが常日頃そう決めつけていた私は、権藤の外見が許せなかった。我が校の校長として認め難い。

従って、私は権藤が嫌いだった。

その権藤が、数少ない全校生徒を前にして言うには、来年度から三年生の試験前一週間の運動部のクラブ活動を停止するという。さらに、来年度から運動会をやめるという。

理由がふるっている。

運動というものは、大脳に悪影響を与えるのだという。

日本は遅れている。漸く国際社会へ復帰しようとしているが、まだまだ世界に伍していくだけの科学レベルには達していない。それを実現するのが君たち青少年の若い頭脳であって、大脳生理学の見地からいっても発育段階にある大脳に対して運動という激しい刺激は極めて悪い影響を与えるので、出来るだけこれを避けなければならない。

こういう趣旨のことを、権藤はその野太い声でしつこく語った。

私は、クラブ活動停止の件で既に頭に血がのぼっていて、権藤の言葉の意味が正確に把握出来ていたかどうか疑わしいが、大脳という単語と大脳生理学という言葉だけが強烈に耳に残っていた。

運動は、頭に悪い。

確かに、走ると身体は上下左右に振動する。はた目から見て滑るように滑らかに走っていたとしても、走る当人からすれば身体は、実は様々な方向に細かく激しく振動しているものだ。身体が振動しているということは、大脳も揺れているのだろう。言われてみれば、どんなスポーツでもプレー中は大脳はかなり振動しているに違いない。

大脳生理学などという学問の名前は初めて聞いたが、その学問は、この大脳の振動が頭の良し悪しに影響していることを本当に突き止めたのだろうか。

これは変だ。

私は、直感的に反撥した。

権藤が訓示を終えて、壇から降りてから生徒の間にざわめきが起こった。

教頭が代わって壇に上がり締め括りの話をしたが、私の耳には入らなかった。ざわめきが起こったところまでしか覚えていなかった。

学校でクラブ活動を禁止するのは、理不尽というものだろう。試験もクラブ活動も、年に一度は運動会もやるのが学校というものではないのか。

私の怒りは、瞬間的にこの校長の理不尽な決定をどうやって引っ繰り返すかという方向に向きを変えていたのである。

アメリカを見てみろ。

確かに日本より科学は進んでいる。同時に、オリンピックになれば一番沢山金メダルを取るじゃないか。奴らだけは、大脳が振動しても平気なのか。

試験前の一週間というが、中学三年生の一年間に一体何回の試験があると思っているのか。各学期に中間試験と期末試験がある。これだけで年に六回だ。これに加えて実力テストというのが、最低四回ある。合計十回だ。

この最低十回の試験は期間がそれぞれ三日間だから、試験前一週間はクラブ活動停止ということは、実質十日間、クラブ活動は出来ないということになる。つまり、年間でいえば百日間クラブ活動が禁止されることを意味する。

中学校に限らず、学校という所は、夏休みが四十日、冬休みと春休みがそれぞれ二週間ある。登校するのは、大雑把に言って九ヶ月くらいなのだ。

そこへ百日もの間、つまり三ヶ月以上もの間、校庭が静まり返るのだ。これでは、学校が学校らしいのは、たったの半年ではないか。

自分の教室へ戻ろうとする短い時間に、私はこんな計算を終えていた。

冗談ではない。

自分は、野球部とハンドボール部を兼ねている。それに、成績は振るわなかったが、陸上の県体にも出ろと言うから出たばかりではないか。

もちろん、好きでやっていることではあるが、これだけ練習日を減らされた日には勝てるものも勝てなくなってしまうだろう。学校の名誉にも関わることだ。

教室へ戻ろうとして私は、不意にこれは早めに決着をつけないとまずいと思った。

そのまま教室へは戻らず、正面昇降口から職員室へ向かった。

校庭から正面昇降口へ入り、左手の廊下を行くと直ぐ応接室がある。これは校長室を兼ねていて、権藤の執務室でもある。職員室では余り権藤の姿を見かけることはなく、彼はこの部屋にいることが多い。

しかし、生徒が直接この応接室へ入ることは暗黙のルールとして許されていなかった。私は応接室の前を通り過ぎ、隣の職員室へ行った。職員室へ入る時は、応接室から遠い方の入口から入ることになっている。

「どうした、河合」

入口で校長はまだ応接室に入らず、職員室にいるのではないかと校長席の辺りに目を泳がせていると、担任の村岡が一寸眉を顰《ひそ》めるような顔つきをして声を投げてきた。

大体この中学の生徒の中で、理由を問わず職員室へ顔を出す頻度の多い生徒といえば、私が他の者を圧倒していた。言うまでもないことだが、自ら好きこのんで顔を出す機会を作っていた訳ではない。呼び出される回数が多かっただけのことで、担任の村岡が眉を顰めたとしてもそれは習慣的な反応になっていたかもしれない。ひょっとしたら、担任である自分以外の教師から呼び出しを受けて私が職員室へまた顔を出したのではないかと考えたかもしれない。

自ら職員室へ来ざるを得ない時もあった。

ガラス破損事件の時は、参った。

ガラス破損事件は、実は一度や二度ではなかった。

一番新しいガラス破損事件は、野球部の練習でフリー打撃をしていた時、私の会心のライナー性の打球がぐんぐんと伸びて校舎を直撃し、当たった枠のガラスはもちろんのこと周りの枠のガラス四、五枚までを一撃で割ってしまった時である。

その時の職員室での相手は教頭だった。

この教頭というのが茫洋とした雰囲気を持った教師で、私は決して嫌いではなかった。がっしりした長軀にいがぐり頭で、馬のように長い顔をしていた。

「ガラスが割れました」

と、私が報告した時、この教頭が珍しく怒鳴った。

「馬鹿もん。ガラスが勝手に割れるか」

この瞬間、私がかっとなったことが、この時のやり取りを若干複雑にした。

「打った打球が校舎に当たったら、ガラスが割れたんです」

「ガラスが勝手に割れるか、と言うとる」

「ガラスを割るつもりで打ってはおらんです」

「結果としてガラスを割ったのはお前だろうが」

「そんなことなら、ガラスを割ったのは打球です」

「その打球を打ったのは誰じゃ」

この辺りで教頭の口調が少し柔らかくなった。

「打ったのは僕です。そやけど打った後はボールは勝手に飛んでいきよる」

「そんならボールがお前の言うこと聞かんと、勝手に違う方向へ飛んでいってガラスを割ったんか。野球のボールちゅうのはお前がライトの方へ向いて打ってもレフトの方へ飛んでいきよるのか」

「そういうこともあります」

「川上でも青田でも流し打ちしよるぞ。ライトの方へ打とうと思うてレフトへ飛ぶのはお前が下手やからやろ」

「いつでも百パーセント、狙うた所へ打てたら今頃近鉄で野球やってます」

このやり取りは、教師たちの失笑を買った。何かにつけて一筋縄ではいかないと言われていた私を、教頭は懲らしめたというよりからかっていたのかもしれない。

今日は、その教頭の姿も見えない。

私は、入口を入った辺りから、冷静にいこうと自分に言い聞かせながら村岡に答えた。

「校長に話があります」

村岡の顔が、一層険しくなったように見えた。また難題を持ち込んできた、少なくとも担任の自分を困らせる事態を齎すことであるに違いないと悟ったのだろう。

この、担任村岡の直感はもちろん的を外れてはいない。こちらははなから校長に抗議に来ているのである。

2

冬の陽射しのように弱々しいが温かい陽が、佐和山へ落ちようとしていた。

もう直ぐ冬だと思うと、今までこの季節には感じたことのない、何やら甘酸っぱい悲しみにも似た感情が込み上げてきた。

この感情は校長とやり合ったからだけではなかった。不思議にそのことだけは、はっきりと判っていた。そして、それが随分と久しぶりに、何年も昔以来久しぶりに催す感情であることにも気づいていた。ただ、なぜだかが判らない。

校長は恐かった。

運動会の取りやめと試験前のクラブ活動の制限に抵抗する生徒が出てこようなどとは思ってもいなかったようだ。

撤回してもらいたいという私の申し入れを聞いた時、権藤は暫く何の感情も催さないような表情を私に向けていた。一瞬、意味が解らなかったようでもあった。

しかしそれは、私の言っていることの意味が解せないのではなく、校長である自分に何事であるにせよ抗議をしにくる生徒が現れたこと、そのこと自体が彼には理解し難いことだったのだろう。

「君は、校長の決定に従えないと言うのか」

怒声としか言いようのない最初の一言がそのことを証明していた。

「校長先生の決定は、いつでも全部正しいですか」

この反論がまずかった。権藤の怒りを煽る役割しか果たさなかった。

幼い頃から母は､私が商売には向いていないということをしょっちゅう言っていた。中学に入ってからも、そのことは相変わらず言っていたのである。

母に言わせれば、私は人に同調するということを意識してせず、我を強く通し、自分の主張が間違っていることに気づいていてもそれを変えようとしない偏屈な面があり、従って商売には就かない方がよいという。

私は、上辺では冗談ではないといった風を装いながらも、心底では母の見方は間違っていないという自覚があった。偏屈という表現は気に入らなかったが、何事においても人と異なろうとするところは、母が指摘するまでもなく己に覚えがあった。

「これからは、商売自体が違ってくる」

母に対する反論は、いつもこれだった。自分を変えなくても商売の方が変わってくるから問題はないという、ここでもやはり屈するということはなかった。確かに、今あるものはすべて明日になれば、長くても一、二年も経てば変わる。この社会のあり方は万事において日々進歩する。少年にもそれが確信出来る時代ではあった。若い者、幼い者ほど自信が持てた時代であったと言えるかもしれない。

こういう扱いの難しい生徒に、校長の決定などと言って取り合おうとしなかったらどういうことになるか。権藤は、甘かったと言わざるを得ない。

校長の決定というものはいついかなる時でも正しいのか、決定を取り消せと言いにきているのだ、生徒が校長に反論することは許されないのかなどと、後年になって振り返ると、我ながら無茶をやったものだと思う。

権藤もまずかった。

「君は、一生徒だろう」

という言い方が、途中で、

「生徒の分際《ぶんざい》で」

となってしまった。

この一言が、扱い難い少年の無茶を誘発したことは紛れもない。

権藤の、分厚く広い黒色に近い重厚な茶色の机の上に置いた両の握り拳は、ぶるぶると細かく震えていた。拳までもがどす黒い。私は私で、膝の辺りががくがく震えている実感があった。恐さと怒りが入り混じっていた。普段でも牛の眼球にも劣らないだろうと観察していた権藤の眼の白い部分が、赤味を帯びている。

もし、担任の村岡が飛び込んでこなかったら、あの後どういう展開になっていたのだろうか。

村岡は、何も言わずに私の左腕を両手で抱き込み、校長室の正面扉から私を廊下に引きずり出し、扉をバタンと閉めた。生徒が直接出入りすることが禁止されているこの扉を跨いだのは、後にも先にもこの時だけである。村岡は、恐らく校長に詫び、その後で再び廊下に出て私を叱責するつもりだったのだろう。

私は、ほんの数秒扉の前で呆然としていたが、直ぐ職員室の前を通って自分の教室へ戻ろうとした。

勢いというものは恐ろしい。

職員室の前を通る際、私は大きな声を張り上げた。

「運動すると阿呆になる、体育の教師は失業や」


佐和山がシルエットになろうとしていたその時、不意に気配を感じた。

ほんの三、四メートルの所に木津香織が立っていた。体育館の南端の、校庭に面したドアから出てきたらしい。

私が体育館のコンクリート壁にもたれて座り込んでいた所は校庭の西の端に当たり、目の前はバスケット場になっている。バスケット場の向こうには薩摩芋などを栽培《つく》っている畑が登り勾配気味に続き、ちょうど顔を上げた時の目線の正面遥かに佐和山が在る。

斜め左手遠方に小学校が小さな森のように静かに佇んでいるここからの風景は、この田舎にあっては余りにも平凡ではあったが、私は中学に入った時から気に入っていた。ここが校舎からは隠れてしまう所でありながら、左手の校庭全体は見渡すことが出来、正面に佐和山を留めておけるという、私にとって気持ちの上で都合のいい場所だったのだ。

香織は、寂し気な表情に笑みを浮かべていた。射通すような視線でありながらそれは、どこか優しい。

「夕方の山も美しいわね」

香織は一寸顔を左に回して佐和山を、目を細めるようにして見ながら私に近づき、今度は身体全体を佐和山の方角に向けて私の傍《かたわ》らに蹲踞《そんきょ》の姿勢で腰を下ろした。この場所で山と言えばそれが佐和山を指すことは、誰との間ででも通じることであった。

香織は、教室履きのサンダルのままだった。やはり、私がもたれている体育館の南ドアからそのまま出てきたのだ。脚を揃え、爪先立ちのように踵を浮かして腰を下ろし、両腕を両脚が作る平面の上に置いた。タイトスカートが膝からたくし上がって両腕の下から覗く香織の肌色が私の目を刺した。

この心地良い香りは、香水の匂いだろうか。香水だけのものではないような気がした。

「やっちゃったわね」

香織は穏やかに言った。

私としては、何も返す言葉はない。

「校長先生の言うことはね、間違ってるわよ。運動が脳に悪いなんてことないわ」

私は、少し驚いた。

元より私は、校長が間違っていると決めつけている。気分だけで言えば、間違っているというレベルの問題ではない。校長ともあろう者があいうことを言うこと自体が信じ難い。

しかし、一方で、教師がそれをはっきりと指摘するということもまずなかろうと思っている。表立ってそれを表明することはもちろん、たとえこっそりとでもそれを口にする教師が出てくるとも考えていなかった。

香織は、今確かに校長が間違っていると言った。

「私の兄はね、京大の研究室にいるの。専門が脳外科なんだけど、こんなこと兄に確かめるほどのことでもないわ」

香織は、目を足許の側溝の辺りに伏せて、少し間を置いた。

「ハンドボール部と野球部、どうするの」

今度は、きりっと顔を私の方に向けて言った。

私も、思わず左手の香織に顔を向けた。香水の、いや香水と何かが混じった匂いが強くなったような気がした。慌てて顔の向きを元に戻した。

「お兄さん、脳の専門家か」

私は、問われたことが耳に入っていないかのように別のことを問い返していた。

「元々は海兵だけどね」

「カイへイって」

「海軍兵学校。戦争終わってから大学に入ったの。やり直したようなものね。学徒動員じゃなかったけど」

「兵学校って、頭いいんか」

「そうね、学校でトップクラスの行く所は陸士《りくし》か海兵、二番手が東大ってとこね。同じ兄妹でも、私よりうんと出来がいいことだけは確かだわ」

方角だけは佐和山の方に向けたまま、香織は少し顔を上げ、その表情が笑顔になっている。

香織は、歳が離れているという自分の兄の話を続けた。

香織が教師になったばかりの頃、兄の研究室を訪ねた時、ちょうど解剖の最中だったことがあったという。京都で名のある和菓子店で届け物を買う用があり、ついでに届け物より少し小さい箱詰めを買い求め、差し入れのつもりで兄に届けた。その兄という人は、解剖室へ妹を招き入れ、菓子箱を見て中味を察し、妹にその場で机の上に開けさせた。そして、解剖に使っていたメスと思われるナイフのようなものでその中の一つを軽く突き刺し、その生菓子をそのまま口に運んだそうだ。解剖室という場所そのものに怯えていた香織が小さな驚きの声を挙げると、研究者の兄は、消毒されているから手で取って食べるより遥かに清潔なのだと言い放った。

香織は、楽しそうに続けた。

「兄が中学の時にね、もちろん、旧制だけど、世界史の試験で『欧州の中世について論ぜよ』っていう問題が出たんだって」

「中世について、何を論じるんか」

「でしょう。旧制の中学とか高校とかはそういう問題が割と多かったのよ」

「ま、自由に書けてやりやすそうやけど」

共に顔だけは正面の佐和山のシルエットに向けながら、いつの間にか二人は普通の調子でやり取りをしていた。

「兄は、何て書いたと思う」

「一言で論じるには複雑怪奇、とか」

「いい線いってる」

香織は、楽しそうに弾んだ声を出した。そして、私の方へ嬉しそうな表情を回し、

「中世は暗黒なり。答案用紙にその一言だけ」

と言って、嬉しそうに肩を窄《すぼ》め、小さく笑った。

「それで落第したか」

「ううん、戻ってきた答案用紙に赤ペンで『言い得たり』って書いてあったんだって。核心を衝いているって意味ね。もちろん、合格」

後年になって私は、この、「中世は暗黒なり」という表現を、言い古された言葉として書物で読むことになる。その時は少なからず驚いたが、香織が自分の兄についてのエピソードを語ってくれたこの時においては初めて聞くことであったし、香織自身も自分の兄固有の逸話としてしか認識していなかったことは疑うべくもなかった。果たして、時代が下って著名になるこの表現の

ルーツが、香織の兄にあったのかどうかは今もって定かではない。

「旧制中学の試験問題って、結構こういうのがあって面白かったみたいよ。海軍の兵学校を出る時の試験の話ってもっと面白いよ」

「どんな問題」

「口頭試問だけどね」

「面接みたいなもんか」

「そう。教官が二人くらいで一人ずつ面接される訳ね。これに通らないと兵学校を出られない」

「どんなこと聞かれるの」

「ウィーンにおけるドナウの水深を述べよ、どう、これ」

「ううん、意味あるか、これ」

「じゃあ、これは。赤道を帯と考えよ、今この帯を三十センチ持ち上げたとすれば帯の長さはどうなるか」

「計算したら出るやろけど、面接で直ぐ答えられんやろ、誰でも。それにこれも意味あるか」

香織は可笑《おか》しそうに笑いながら、

「正解って、どうでもいいの、こういう質問は」

「どうでも」

「そう。どういう答え方をするか、それが問題なの。答え方とかその人の答えのセンスを試してるの」

「何、答えのセンス」

「そうなの。だって、ウィーンの街を流れるドナウ河の水深って言ったたって、街のどこで測るの。測る場所によって違って当然でしょ」

「当たり前や」

「赤道を帯に見立てて、っていう問題にしたって河合君の言う通り細かい計算をすれば一応答えは出るかもしれない」

私はもう、香織の顔をまじまじと凝視《みつ》めていた。香織の言葉が熱を帯びてきている。

「こういうの、知ってたって、直ぐ暗算出来たって、価値あるかしら。河合君の言う通り、意味あるかしら」

「海軍って面白いことする」

「そう、海軍ってそうなの。今のはね、二つともフランスの高等行政院ってね、官僚になる為の学校で出る問題の借り物だって」

当時は海軍、陸軍などという存在は、当然戦争を行った悪者だった。そういう単語を口にすることそのこと自体が多少憚《はばか》られた。そういう空気の中で育っている少年にとっては、海軍、海軍兵学校などという言葉をこれほど屈託なく、明るく、むしろ賛美するかのような響きで語る、母以外の人がいることがまず小さな驚きだった。

香織の兄は、かなり変人でもあったらしい。

香織が続けて語るには、大学へ入ってからのことで、酒を飲んで酔いたいならアルコールを静脈に注射した方が手っ取り早いと言って、実際に一度ならず実行したらしい。本当に酔っ払ったという。

「酔う為だけやったら理屈やけど、何でも理屈通りいったら面白ないって」

「そうよね、その辺が理数系の人間のすることとね。それも若気の理数系ね。だって、科学者で大成した人って最終的には思想や哲学の世界にいっちゃうもん」

「そういうもんか」

「突き詰めた人はね。文科系、理数系なんて言ってるのは凡人の世界のことかもね」

「うん。分かるような気する」

「私ね、河合君がもし海兵の口頭試問で教官からそんなこと質問されたら、きっと面白かっただろうなって思うの」

「どうして」

「河合君はいつも常識っていうものを疑ってるでしょ。自分で確かめないと納得しないところがありそうだわ。それって、私、大事だと思うし、そういうところ、好きだわ」

私は、一寸どぎまぎした。香織は、私のどこをどう観察していたのか。

「大切なことは何かって、分かっているつもりで解っていない人が多いものよ。河合君は、今にそういうことがきちんと解る人になる、私はそう思ってる」

元来褒められることは苦手な方だ。香織は今、私のことを褒めているとしか受け取れない。こういう時はどういう態度を採ればいいのか、その辺りが特にぎこちない性質《たち》だった。

それを見透かしたように、香織は言った。

「単純に一言居士《いちげんこじ》ってとこもあるけどね」

「イチゲン」

「そう、ヒトコトって書いて」

いきなり香織は左手で私の左手を取り、掌をこじ開け、自分の右の人差し指で私の左の掌の中に文字を書いた。

香水と何かが入り混じった例の匂いが私を覆わんばかりに、私の全身を包み込んだ。

「人の言うことには何でも、一言返さないと気が済まないものね」

ゆっくり私の左手を放しながら、悪戯っぽい笑顔を私に投げ掛けた香織は、ほんの暫く私の顔を凝視《みつ》めた後、ゆっくり立ち上がった。私は、腰を下ろしたままで身体が動かなかった。

「クラブ活動と運動会のこと、私、河合君の味方よ」

そう言い残して、香織は、もう暮れるから帰った方がいいというようなことを言いながら、両腕を前で組んで肩を少し窄めるようにして、私のところから離れていった。後ろから見るその白く光るように見える脚が、眩しく私の目を刺した。

体育館の角を曲がる時、軽く左手を私に挙げて、その姿は消えた。

私は、香織が去った方向に目をやった。校庭だけは広い学校だ。その広い校庭に、もう誰もいなかった。校庭の向こうの、擦針峠に連なる山々もいつの間にか黒ずんできていた。

3

例年より遅く、十一月も中頃を過ぎて行われた運動会は、鳥居本中学校最後の運動会になるという断りをつけて開催されたが、私にとっては白々しい催しになった。

父兄の参観がなかったことが、あるいは何の飾り立てもなかったことが、私だけでなくほとんどの生徒から盛り上がるエネルギーを奪っていたのである。

校長権藤は、彼の方針を貫こうとしていたのである。

私は、香織の匂いを間近に感じながら香織の話に反応していたあの日から、幾つかのことを悟りつつあった。

自分で自分の精神の平穏を制御出来ない苛立ちの原因は、香織の存在にある。そのことに自分は実は気づいていながら、気づいていることを知りたくなかっただけなのだ。そのことをはっきり認める気分になっていた。

そして、甘酸っぱいとでも表現すべき悲しみに似た感傷的な気分は、香織に何かを求めていたことに因るものに違いない。香織に何を求めていたのかは漠としていたが、私の内に香織の占めるところが大きくなってきていることを発見していた。それほど整理されたものではなかったが、私は己の正体を知ったような気がして、そして今までとは違ってそれを嫌悪するという気持ちは湧かず、むしろ愛惜しさにも似た感情で受けとめていた。

そういう気分を受け容れると、最後の運動会につき合ってやろうじゃないかという、開き直った心持ちにもなっていた。

もちろん、権藤への抗議について担任の村岡から叱責を受けたが、私は黙って聞いているにとどめ、最後はじっと村岡の目を見ながらやはり黙って聞いていた。それでやり過ごそうとした。村岡が何度か「解ったか」と、私が「解りました」と答えることを、つまり反省の弁とも言える言葉を吐くことを期待して繰り返すので、私は黙って一礼して村岡の前から去ってしまったのである。

その後、村岡からは何もなかった。

別に父兄に観てもらいたくて運動をやっている訳ではない。そして、なぜか運動会になると登場する万国旗になると、目障りに感じるだけでスポーツの大会に相応しいなどとさらさら思わない。

しかし、自分の勝利するところを人に見せるのに悪い気はしない。父兄の参観や装飾の一切ない運動会には、やはり、らしさというものがない。

どの道これが最後だ。権藤も、出来れば今年からでも取りやめたかったに違いない。

木津香織によれば、ＰＴＡとか教育委員会の諒解がまだ取れていないらしい。運動会を取りやめるとなると、それはそれでそういう手続きが必要になるようだ。

かくして、生徒だけの、体育の記録会と何ら変わらないような運動会に臨む私の態度は、開き直りとしか言いようのないものであったし、またその通りのことを行動で示してしまったのである。

個人競技は一人二種目に参加することになっていて、私は、マラソンと八百メートルを選んだ。走るということに関しては、私は長距離を得意としていたのだが、マラソン以外で一番距離の長い種目が八百メートルだったので、そうなっただけに過ぎない。もっともマラソンといっても、正規の距離を走るマラソンではない。

校庭を南に向かって出て、小学校の前を抜け、二十キロメートルくらい先の山あいにある中山という山里へ向かう細い一本道を山に入る手前の猿山橋まで走り、そこで折り返す。往復七、八キロメートルくらいのものであったろうか。マラソンは、いつもこのコースと決まっている。

中山という里へ行くには峠を二つ越えなければならない。そこから中学へ通ってくる生徒は全校で二、三人おり、一人は私のクラスにいた。何せ片道二十キロである。しかも山越えとなる。冬になると、湖北の山間部ほどではないにせよ、この地の山奥も雪に閉ざされる日が多い。従って、中山には冬だけ分校が開設される。小学生と中学生を一緒にした季節分校である。

猿山橋は、その中山へ行く時に越えなければならない最初の峠の山裾の手前に位置する。二十キロも離れた山奥の中山から通っている連中にしてみれば、ここまで来ればもう学校へ着いたも同然といった気分になったに違いない。

中山の連中には及ばないが、毎日四キロメートルを徒歩通学で往復している私にとっても、約七、八キロという距離はどうという距離ではない。まして私は、ハンドボール部と野球部の練習日には、常にこれを上回る距離を走っている。

私だけではない。

鳥居本宿の通りに住む一部の勤め人のようないい家の子を除けば、この田舎の中学の大部分の生徒にとって、七、八キロくらいは感覚的にも日常行動の距離に過ぎない。

しかし、競争として人より速くこれを走り切るとなると、当然話は違ってくる。人より速くという競争になった時、私にとっては百メートルや二百メートルの徒競走とこのマラソンとの間には、その苦しさにおいてそれほど大きな差はなかったのである。

スポーツは、大概において結果で評価されるものである。

私のマラソンと八百メートルの結果は、共に最下位だった。

やり方が見え透いていた。淡々と走り、自分の位置を確認しながらゴールする。手っ取り早く言えば、わざと負けたのである。

とは言うものの、最下位という結果を捉えてこれをどうこう言うことは、いかに教師といえども難しいところがある。

村岡から呼び出しが掛かったのは、ちょうど教室での着替えが終わった頃だった。同じハンドボール部の寺本が走り込んできて、その旨を私に告げた。寺本がいつもより心配そうな顔をするのを見て、私は寺本のことが少し可哀相になった。

それにしても、何度行っても職員室という所は好きになれない場所だ。

職員室の正面には、校長と教頭のやや大きめの席が、一メートル位の間隔を保って並んでいる。右手の校長の席の斜め後ろに扉があり、校長の執務室兼応接室と繋がっている。この前権藤とやり合った校長室がそれで、この扉だけではあのやり取りは職員室の教師たちにも筒抜けであったことだろう。

教師の席は廊下側と校庭側に二列に並び、互いに向き合っている。村岡の席は、廊下側の教頭の席に一番近い位置にあり、言わば上座を占めている。職員室の席の位置に上座、下座はおかしいが、私は心中ひそかにこれを上座と称していた。

香織の机はといえば、校庭側の二番目の下座であった。その席の隣、つまり一番の下座は、岡田という事務員の席で、実質的には香織は一番下座の教師ということになる。

村岡は、腕組みをして口をきつく結んで、先ほどまで運動会が行われていた校庭の一点を睨んでいた。

私がその席に近づくと、私が完全に静止しないうちに回転する椅子を勢いよく回して私を下から見上げた。覚悟していたよりは静かな目をしている。

「なぜ、ああいうことをする」

これが、比較的静かな第一声だった。

「意味が解りません」

「なぜ、わざとビリになったんだ」

一転して声を荒げた。

「わざとやのうて、調子が全然」

「わざとらしいことを言うな。普通にやってマラソンでお前に勝てる奴がいるか。お前が一番分かってるだろう」

また、元の調子に戻る。

確かに、今まっとうにやってマラソンで確実に私に勝てる生徒はいないだろう。それは、自分でも自信があった。前年、一年生の時は二位に甘んじたが、一位は三年生だった。

「今日は、全然駄目でした」

「何か原因があるのか」

「自分でも分からんです」

村岡は、言葉を飲み込んでじっと私を見詰める。

私も、村岡のやや細い目から視線を外さず、その威嚇を耐えて受けとめていた。

随分と間があって、村岡が相変わらぬ冷たい表情で言った。

「正直に言いたまえ」

「正直言うて、原因、分からんです」

拙い話だが、私は、私がわざとどん尻になったと言うならその証拠を明らかにせよ、といった気分でこの試練に臨んでいたのである。走った本人が、どうも調子が悪くて不本意な結果に終わったが、その原因は自分でも思い当たらないと言っているのである。それがでたらめだと断じるなら、それなりの根拠が示されていいはずだ。上の者が断定すれば何でも片がつく封建的な時代は過ぎ去って、今は民主主義の時代なのだ。

未熟な時代に、歳からしても未熟で当たり前の少年は、稚拙にも精一杯突っ張っていた。

村岡は、沈着に命令した。

「原因を思い出すまで、そこに立ってろ」

私は、職員室の下座の真中に、両手を後ろに組み、足は肩幅ほど拡げて正面を向いて突っ立った。

こうやって立たされるのは、確か三回目だった。一年生の時、昼休みの校庭で上級生を組み伏せた時、この年の四月頃、同じクラスの者に制裁を加えた時。前科はこの二度だったはずだが、これが多いか少ないかと言えば、この中学においては多い。二年生の秋で既に三度目となると、調べたことはないが、また調べようもなかったが、他に例はなかったかもしれない。

正面を向いて立っていると、嫌でも正面左席の教頭が目に入る。右席の校長は、例によっていない。多分、後ろの校長室だろう。

思わず教頭と目が合った時、教頭がにやっと笑った。

私は、咄嗟《とっさ》に目を逸らした。この教頭はどうもやり難い。

香織が自分の席にいることも判っていたが、そちらに目をやる勇気はなかった。

教師たちは、それぞれ自分の机に向かって何か書いたり、厚めの書類に目を通したりしている。静かだ。

真面目に職務を行っているように見えたが、どこか不自然な空気が流れている。私は、その原因が私にあることを知覚していた。

十分近くも経ったろうか。

ふと右手の香織の方を見てしまった。そして、思わずぎくっとした。動悸が速くなるのが分かった。

香織が、リラックスした雰囲気で左腕を机の上に置き、右手で頬杖を突いて少し斜めに顔を倒して柔らかな表情で私を見ている。何も仕事をしていない。

私が慌てて正面に視線を戻した時、懐かしい、涼しい声が静寂の中を飛んできた。

「河合君、思い出すまで時間がかかりそうだから、一寸聞いていい」

「はいっ」

香織の方を見たものの、動悸は一段と速くなっている。

「一度聞いてみようと思ってたんだ。野球でね、右打ちと左打ちとどっちが有利なの」

香織は、何を考えているのだろう。

「だって、河合君みたいに左打ちの人は一塁ベースまでの距離が短くなる訳でしょ」

「はい」

「じゃあ、平均して左打ちの選手の方が打率はいいの」

「いや、そんなことは」

場所が場所であっただけに、またその時の私が置かれている状況からして、私は歯切れの悪いことこの上なかった。大体、香織の方に屈託がなさ過ぎる。

「どうしてなのかしら」

香織が右手の頬杖を外し、両手を机の上で組み合わせ、やや下向きに妙に神妙な表情を作っているのを見て、私は腹を決めた。

「左打ちの場合は」

と、私が姿勢をそのままに顔だけを香織に向けて答え出した時、不意に村岡が立ち上がった。私は、思わず言葉に詰まり、村岡の方を見た。

村岡は、私の方を見向きもせず、何も持たず、硬い表情だけを保って、肩を上下に揺するような例の独特の歩き方で職員室を出ていった。

村岡が職員室の引き戸を閉めた途端に、香織がすっと立って私に向かって言った。

「河合君、帰りなさい」

表情が一変している。強張っている。

「もういいから、早く帰りなさい」

香織は、普段聞いたことがない厳しい口調で私に言った。音楽の授業でも、このような命令口調はついぞ聞いたことがなかった。

さすがに、私は判断に迷った。香織の意図が判らない。私を助けてやろうと考えているのなら無用のことだ。こっちは別に助けてもらいたいと思うような状況ではないのだ。女というものには、その辺りの空気というものが判らないのだろうか。

「そやけど」

「教師の一人として、あとで村岡先生とお話しします。帰りなさい」

私は、観念した。このままこの場に居たら、口を切った香織の面子《めんつ》はどうなる。

「失礼します」

私は、正面に向かって一礼してその場を去った。

身体が廊下へ出て右の手で職員室の引き戸を閉めようとした時、まだ自分の席で立ったままこちらを見ている香織と目が合った。

不思議なほど、穏やかな優しい眼差しをしていた。


十一月という月は、分の悪いめぐりにあると言えるだろう。

十月は秋の盛りで、何はさて置き寒暖が頃合であり、晴天の少ない湖東地方でも文字通り天高く晴れるという日が他の月よりは多い。四、五月と並んで、この地方の農家が最も忙しい時期が九月からまだ続いている。

師走に入ってしまうと、さすがに近江湖東の里にあっては特に慌ただしさを増すこともなければ、何かと雑事に追われるということも少ないが、それでもいつもとは種類の異なる気ぜわしさというものが我が家にも村の中にも感じられるようになる。

大根を洗って干し、沢庵《たくあん》を仕込んだり、藁葺き屋根付きの穴を裏庭に掘って、冬の間に最低限必要となる野菜を埋めたりする仕事が行われるが、それは大仕事ではあったが、他の季節の仕事に比べてことさら多忙を齎すというほどの作業ではない。

こういう清秋と師走に挟まれた十一月という月は、いかにも中途半端である。

寒い季節の到来を予感させるが、例年なら冬らしい本格的な雪が降るまでには至らない。かと言って、手袋なしで長い距離のランニングをすれば、手の甲の肉が切れる程度には冷え込んでいる。通学する時、オーバーとかジャンパーを着ることに踏み切るかどうか、これに迷う。神無月《かんなづき》に出雲へ出かけていた神々も、戻ったばかりである。

しかし、私は中途半端なこの月の、不安定感とも言うべき心許なさが逆に好きであった。伊吹降ろしが、初めて吹くのもこの月である。

この年の十一月だけは、不安定感も心許なさも感じている暇はなかった。むしろ、心の内には盛夏にも劣らない勢いとも表現すべき、激しい炎が燃え盛っていた。

運動会における河合どん尻事件は、私の思惑を超えた展開をしていったのである。

職員会議で、村岡と香織が衝突した。

生徒に職員会議の様子は分からない。しかし、何先生がこう言ったら、誰それがこう反論したなどと、あたかも同席していたかのような調子で会議の様子が生徒たちの間に広まる。

出所は、恐らく事務員の岡田辺りだろう。日頃から私は、そう睨んでいた。

いずれにしても、衝突の原因を作った張本人は私である。

職員会議は、毎週火曜日の朝である。翌日には、もう噂は狭い学校中を一巡していた。

そもそもやる気をなくすような運動会にしたのは学校の方ではないか、河合が嫌々走ったとしても、学校の方こそ嫌々運動会を行っていて、そこを棚に上げて置いて河合を責められるのか、生徒は敏感である。諸説ある噂の内容を総合すると、大体これが香織の主張であるらしかった。

村岡の主張がどのようなものだったのか、校長権藤がどう発言したのか、噂はそこのところについては何も伝えてこなかった。生徒の関心は、どうやら香織の叛乱という、その一点にあるらしかった。

放ってはおけない。

噂が校内を駆け巡った水曜日その日に、私は香織と何とか話をしたいと考えた。しかし、放課後になってもあいにくその日、香織は、体育館へピアノを弾きにくるということもなかった。

体育館は講堂を兼ねている。従って、入学式や卒業式という儀式張った行事はこの体育館で行われ、それなりに広い演壇を備えている。そういう儀式の日だけは、体育館は講堂となるのである。そのこともあったのだろう、体育館にはグランドピアノが置かれていた。それは、体育館に置かれていたのではなく、講堂に置かれていたと言うべきだろう。

演壇に向かって左右に小部屋がある。

上手側の小部屋には、跳び箱やマット、籠球《ろうきゆう》や排球《はいきゆう》のボールといった体育用具が納められており、下手側の小部屋は生徒会室になっていた。

生徒会室は、専《もつぱ》ら生徒会の役員を務める者が会議を行う時に使用されるだけである。

ピアノは、生徒会室の前に置かれていた。

香織は、放課後になるとよくここへピアノを弾きにきていた。音楽の教師として、それは当然の真面目な放課後の過ごし方であったと言っていいだろう。

考えてみれば、香織の放課後というのは、庭球部でテニスの指導をしているか、ひとり体育館でピアノを弾いているか、どちらかでしかない。それ以外の日というものがあるとすれば、それは何をしているのだろう。

私は、その水曜日に初めて、庭球部にもいない、体育館でピアノも弾いていない香織がいることに気がついた。

職員室で何か残務でも整理しているのだろうか。

翌木曜日の放課後、私はハンドボール部の練習に入っていた。

校庭の北東の隅に設けられているテニスコートでは、庭球部も練習している。しかし、香織の姿はない。

ハンドボール部でも、練習の最初のメニューとしてランニングを行う。私と寺本が二列縦隊の先頭になって、校庭を二周する。体育館のそばを通る時、香織がピアノを弾いていればそれはランニングをしていても分かる。今日も、香織はピアノを弾きにもきていない。

スポーツというものは、試合だけでなく練習においても常に精神の集中を要する。

この日、私が集中力を欠いていたことは紛れがない。

私がゴールキーパーのポジションにつき、皆にシュート練習をさせていた時、私は幾度となく百メートルは離れているテニスコートの方に目をやった。香織が途中からでも姿を見せているのではないかと心の内で期待していたのである。

ハンドボール部のシュート練習というものは、スピーディにリズミカルに行われる。一定の間隔で次から次へと硬いボールがゴール枠に投げ込まれてくる。ゴールキーパーが止めたか止められなかったかは、この練習ではほとんど関係ない。従って、一定の間隔は崩れない。

一つの右ポスト側に飛んできたボールに脚で反応して、それを弾いた時、右ポスト側の遥か先のテニスコートの方へまた目をやった私は、一瞬今まで以上にそちらに目を留めてしまった。時間にすれば、何秒という単位のことだったろう。

次の瞬間、左顔面に激しい衝撃を感じ、それとほとんど同時に右の顔面を全く異質の痛撃が襲った。左の耳が、があっという異様な音を感知している。右のこめかみから頬全体に強い痛みが走った。異様な音が頭の中まで広がるだけで、私の周りから校庭に響いていた掛け声や庭球部のボールを打つ音、人の声といった学校らしい騒音が一切消えた。

部員が駆け寄ってきた時、私は右の顔面に温かいものが流れているのを感じた。どうやら出血しているらしい。左側も熱いが、そっと手を這わせてみるとこちらは出血していない。右顔面は全体に痛みが走り、どこから出血しているのか判らない。

私が右ポスト側へ飛んできたシュートを処理した時、通常のリズムで体勢を元に戻さず、右ポストを右側にして身体を一瞬その位置に残したことが原因だった。リズミカルにシュートを打ってくる部員たちにしてみれば、キーパーが体勢を直ぐ元に戻すことを前提として次から次へとシュートを投げ込んでくる。シュート練習とはそういうものだ。

間の悪いことに、直ぐ元の体勢をとらなかった私の顔の部分が、ちょうど右ポストの前で左顔面をシュートする側に晒して残っていた。そこを次のシュートが直撃し、その勢いが十五センチか二十センチの間隔を置いて立っていたポストに私の右顔面を叩きつけたのだった。

運動部は、秋季シーズンから新しいチームに生まれ変わっている。

どの学校、どのクラブにおいても三年生はこの時期には引退しており、次期三年生、つまり二年生にチームが引き継がれている。

このハンドボール部も同様で、既に三年生は練習に参加しておらず、新しいチームは翌年三年生になるはずの部員の中から私を主将に選んでいた。それは、スポーツの世界における序列がそのスポーツの能力に拠って決まるという原則に照らして、私自身にとっても極めて自然なことであった。

そういう自負を持つ主将たる者が、練習中に怠慢とも言うべき集中力の欠如に因って負傷するという恥を晒したのである。実際、これほど恥ずかしい話はない。これほど情けない出来事はない。朦朧《もうろう》とした意識と強まる痛みの中で、激しい自己嫌悪と大きな悲しみを遥かに上回る、強い羞恥が私を襲った。

まだ右手をポストに当てて身体を支え、右膝を衝いている私の周りに集まってきた部員たちが、口々に何か言っているが、よく聞こえない。

こういう怠慢に因る怪我が、大事に至ってはいけない。

「大丈夫や」

私は、笑顔を作って起ち上がったつもりだった。

「血、止めてくる」

そう言い残して、私はとりあえずその場を離れた。

私は、水道場の方へ向かって歩いていった。心配して後を追ってきた寺本に、このまま上がるかもしれないのでフォーメーション練習だけはしっかりやって練習を上がってくれるように頼んでおいて、とにかく顔面を洗って血を止めようと考えていた。

私は、しっかりした足取りで歩いていたつもりである。しかし、周りから見ると、右顔面から流れ落ちる血でジャージの右腕の部分を赤く染め、俯《うつむ》き加減に運動場を横切る河合隼人とは、いつもの、ことスポーツに関しては常に自信に溢れた河合隼人の姿ではなかったに違いない。

痛みが強くなるのに反比例して、意識は次第に鮮明になってきていた。ふと右手を見ると、庭球部のほとんどの者が練習を止めてこちらを見ている。全校に恥を晒すとは、まさにこのことだ。

庭球部の部員たちの中から、私に向かって走ってくる者がいる。

私は、幾分鮮明になってきたもののまだどこか照準の合っていない意識で、何の感慨も持たず歩くことをやめずにその姿を目に留めていた。

「隼人君、大丈夫なの」

駆け寄ってきたのは、榊原純子という一年下の女子生徒だった。純子は庭球部の部員で、今日も白いテニスウエアだけはしっかりと様《さま》になっている。しかし、私は純子をテニスのプレーヤーとしては認めてはいなかった。所詮中学のクラブ活動程度のことに対して何を認めるもないが、純子の場合はむしろ運動センスがなく、テニスも下手だと思っている。

今は慣れてしまったが、当初不愉快だったのは、彼女が私のことを「隼人君」と呼ぶことだった。しかもその呼び方には何のてらいもない。当方は先輩である。「隼人君」とは、無礼に当たらないか。しかし、そういう風に感じることは封建的なのかもしれないと、次第に考え直すようにさえなってきていた。

彼女に隼人君という呼び方を許してしまったのには、自分では気づいていなかったもう一つの要因があったように思われる。

この中学の生徒の中で、彼女だけは標準語のイントネーションで話していたのである。どこから転校してきたという話は聞いていない。確か、私が小学校の六年生の時に五年生として同じ鳥居本小学校にいたような気がする。もちろん、直接本人にそのことについて尋ねたことはない。教師の中では、木津香織が正しいと思われる標準語を使っている。それが理由でもないだろうが、純子は木津香織の大ファンであった。

もし、幼い頃から見識《みし》っている近在の生徒なら、ましてそれが後輩であり女生徒であったなら、私は隼人君という呼び方を許してはいなかったことだろう。標準語を操る大人に接する機会は増えてきてはいたが、同じ年頃の生徒が標準語を喋るとなると全く勝手が違ってしまう。田舎の少年の一種の気おくれであったろう。標準語というものは、当時の私に対して、いや、私だけではなかったろう、私たち山里の少年少女に対しては偉大な力を持っていたと言わざるを得ない。

私は、彼女のことをジュンと呼んでいたが、ジュンは可愛い顔をしていた。私の基準に照らせば決して美人ではなかったが、その愛らしい顔と標準語という武器でこの中学では紛れもなく男子生徒にもてる女の子の一人だった。

私の方はといえば、ジュンのことを特に異性として意識したことは全くなかったが、ジュンの方が隼人君などと気安く呼んで何かにつけて私に纏《まと》わりついていたと言った方が当たっている。

彼女が私の基準に照らして美人の範疇に入らず、従って私が異性として意識したことがなかった唯一と言ってもいい理由は、その脚の太さにある。

女性の脚について、私は確固たる美的基準を持っていた。太くても細くても、私の基準から逸脱した太さの脚を持つ女性は、私にとって憧れや羨望、魅了の対象とはなり得なかったのである。恐らくジュンの今の脚の太さは、中学生という時期特有のものであり、その後それは然るべく引き締まり、私の基準に拠っても彼女は相当な美人になった可能性が高い。しかし、私には、そのことを知る術もない。

ジュンは、流血という私の異常事態に接して明らかに上気していた。

「直ぐ、先生、呼んでくる」

先生とは誰のことか。このような醜態を大騒ぎされては敵わない。私は、走り出したジュンの背に慌てて大声を発した。

「保健室には言うな」

保健室は職員室の、校長室とは反対側の隣にある。私の感覚では、それは職員室の一部のような気がしていた。校長や担任の村岡との間に何かと因縁のあるこの時期に、余り関わりたくない場所だ。

ジュンは、びっくりしたように立ち止まって私を振り返った。そして、また体育館側の昇降口の方に走り去った。

私は、職員室から見られることを恐れ、正面昇降口を突っ切り、正門の側へ出た。

正門と校舎の間には、校舎に沿って細長い花壇が設けられていて、それは幾つかの区画に分かれている。正門を背にして校舎に向かって右の端、つまり花壇の尽きる場所に棟としては小さ目の便所棟が在り、校舎と便所棟との間も昇降口になっている。この昇降口からか校舎を跨いで反対側へ出れば体育館へ通じる昇降口となり、私はいつもその体育館側の昇降口を利用していた。

　この二つの昇降口から廊下をさらに奥へ入り詰めると用務員棟となる。そこは、細長い校舎の西の端に当たる。

　用務員棟は炊事場と用務員室から成り、さらに用務員室は二つの和室から成り、この中学の用務員を務める中辻夫婦が住み込んでいる。和室の一つは八畳くらいの広さとみたが、奥のもう一つの和室は夫婦の居室になっており、私は入り込んだことがなく、その広さも知らない。棟全体の大きさから推し量れば、炊事場の直ぐ隣の八畳より広いということはあるまい。

　正面昇降口から花壇の方へ出た私は、この用務員室へ行くつもりであった。

　花壇の一番西の端の一区画に小さ目の、群がるような赤い花を付けた一群がある。この中学の花壇には赤い花というのは意外に少なく、赤いというだけで目立つが、去年まではこの花を見かけただろうか。

　花壇には区画毎に白いペンキ塗りの横長の小さな木札が植えられていて、それにはサルビアシソ科と書かれている。この近在では見かけない花で、西洋の花だろうかと思いつつ、こういう時になぜ花のことに注意がいくのだろうかとそのことが不思議だった。

　サルビアの区画の傍らまで来た時、もう二十メートルと離れていない昇降口に香織とジュンが、黙って私の方を向いて立っているのに初めて気づいた。

　右顔面の流血は、私を顔を上げて歩くという気分にさせず、私は二、三メートル先の足許に目を落としてここまで歩いてきていた。右腕の裏側や左腕の表で時折右顔面を押さえながら歩いてきたので、白いジャージの両腕は赤く染まり、右肩辺りは何となく冷たい。

私が昇降口へ辿り着く前にジュンが走り寄ってきて、目を見開いて凍りついたような表情で私の顔を覗き込んでいる。

遅れて香織が、教室履きのまま私の前へ来るなり、右手で私の頭を、左手で顎を支えて私の顔を斜めに倒して、自分の顔を近づけた。

これは、あの匂いだ。

こういう時でも、臭覚は衰えないものとみえる。

香織は、傷口を確かめたらしい。私の右腕を摑んで無表情で言った。

「いらっしゃい」

私は、ただ香織に従って昇降口からそのまま用務員室へ連れていかれた。

用務員室には、偶然事務員の岡田澄子がいた。

私がオバさんと呼んで親しくしていた用務員の中辻と、心配気にあとを追ってきたジュン、そして、そこにいたことが実は偶然ではなかった事務員の岡田。私の傷を洗い流す香織に薄い布を手渡したり、香織が脱がせた私の血だらけのジャージを大きな洗面器に浸したりして、ほとんど無言で香織の手助けをしている、年齢も立場も全く異なるこの三人の女性が、この先の私と香織の学校という域を超えた道行きになぜか存在し続けようとは、漸く激しい痛みを感じ始めたその時の私は知るよしもなかった。

香織が、鳥居本に在る唯一の医院、西山医院へ私を連れていき、二人で学校へ戻った時、もう校庭は静まり返り、校庭の南口から望む鳥居本宿も、そのきわまで続く波打つ畑も、佐和山へ落ちようとする西陽の弱々しい最後の光を受けて棚引く煙のような白い霞に包まれていた。

4

伊吹降ろしが収まり、初雪が舞った。

しかし、それはほんの二、三十分で上がり、どのような季節を齎すにせよあらかじめ優しく予告しておくという、伊吹らしい仕業に思えた。

そして、景色が静止した。冬の湖東は、すべての風景が息をひそめる。

冬休みに入って二日目、私と木津香織は、長浜の駅から駅前通りを二、三分歩いて右へ折れた細い路地の入口近くに在る喫茶店にいた。

多分何の変哲もない、地方でも町と言われるところならどこにでも在る喫茶店だったと思う。しかし、その時の私は、少なからず緊張していた。喫茶店という場所へ足を踏み入れたのは、この時が生まれて初めてのことだった。

まして、木津香織と一緒だ。

香織のそばにいることに大分慣れてきていたとはいえ、改めて学校の外で香織と二人きりの時間を持ってみると、それまでの経験の内にはない全く異質の緊張に縛られるものだ。しかし、それは苦痛を伴う緊張感ではなかった。何やら心躍るものが潜んでいる。

緊張と同時に、心地良い開放感も覚えていたのである。そこが、長浜という、日常からかけ離れた別の町であったせいかもしれない。

長浜は、もはや湖北である。

琵琶湖東岸北部のどこからを以て湖北と呼ぶかは、伊吹に守られて棲む内なる人々が意識するところではない。

小谷《おだに》が湖北であることは、その位置からして異論の余地はない。南北に長い琵琶湖のどの辺りに位置するかということで形容されるものであろうが、小谷よりずっと南に位置するとしても長浜を湖北の町としても問題はないだろう。

私にとっては、長浜は確固たる湖北だった。なぜなら、米原より北に在るからだ。

米原からは北陸本線が出ている。この路線は、北陸を経て新潟県の直江津に至る。

北陸本線に沿う町は、湖北である。

不思議なことに、近江には湖北、湖東という言い方はあっても湖南という表現はない。湖西もある。しかし、湖南はない。

南という言葉には、どこかに明るさがある。それに対して北には暗さが宿る。暗さは侘しさに通じ、転じて詩情を募らせる要素となる。このことは、近江という国の歴史の上での値打ちにかかわる問題であり、従って近江に湖南は要らない。

湖北の町、長浜の空は、いかにも冬の湖北らしく静かにどんよりと曇っていた。この厚いグレーの空が、湖北の寒さを一層寂し気なものにしている。

喫茶店の中からは、路地側の二つのテーブルからしか空は見えない。私と香織は、路地側の奥のテーブルにいた。

店の奥のカウンターの脇に置かれている石炭ストーブが充分に燃えているせいであろう、店内は暖かかった。暖かい場所から窓の上方に灰色のホリゾントのように、静止している街並みの屋根を浮かび上がらせている空を見ているのは、心地良いものだと感じていた。

「珈琲はどう」

香織が、首を一寸右に倒しながら問い掛けた。

「苦い」

私は、正直に、そしてぶっきら棒に返した。

珈琲という飲み物を全く飲んだことがなかった訳ではない。しかし、それはたった一度母が、彦根の町へ出た時に買ってきた豆を砕いて粉にする手回しの機械で、一緒に買ってきた豆を挽いて飲ませたものであり、私は飲んでおかなければならないといった気分で飲んだものだ。果たしてそれが、本当に正しい味のする珈琲というものであったかどうか、私は不安に思っていたのである。

今、香織と一緒に飲んでいる珈琲は、紛れもなく正しい珈琲だ。なぜなら、ここはれっきとした喫茶店である。そのことに私は、神経を強張らせながらも満足していた。

「珈琲は、ミルクを入れんといかんか」

私は、素直に訊いた。

「ううん。好きずきよ」

そういえば香織は、飲む前にほんの一滴、ほとんど効き目はなかろうと思われるほどの僅かな量のミルクを珈琲カップの中に落としていた。その時、白い渦が表面にゆっくりと円を描くように動いたが、とても全体に行き渡るほどの量ではなかった。

私はと言えば、香織よりは年配であろうと見受けた女性が丁寧に私の前に珈琲を置いた途端にカップの柄に手を伸ばし、女性が完全に立ち去らないうちに口をつけていたのだった。

二口目を飲み込んだ後になっても、このミルクはどうしたものだろうと迷っていたのである。

「お砂糖もいいの」

私は、身体中がかっと熱くなるのを感じた。

そうだ、普通砂糖は入れるのだ。それは、分かっていたはずだった。

私は、慌てて、線香壺を小さくして平たく押し潰したような形をした陶製の砂糖壺からスプーンで二杯、砂糖をカップに流し込んだ。

さて、もう一杯入れた方がいいだろうか。

ほんの一瞬私が躊躇していると、見透かしたように香織が言った。

「砂糖も好きずきよ」

「格好悪くないか」

例えば、正式の作法かどうかは知らないが、親戚の家で馳走にあずかったとして、どんなに味噌汁がうまかったとしてもお替りを所望するものではない、強いて勧められて断り辛い状況であったとしても軽めの二杯目が許容の限度であると教えられていた。この種のことを細かく言うのは、もちろん母である。

従って私は、好きずきだと言われてもそれはルール違反ではないという建前であって、あるべき美しい作法としてはどうなのかと考えてしまう癖があった。

土と草いきれの中で育った少年は、たかだか一杯の珈琲に日々新しく変貌する社会を感じ、この先踏み出すことになるであろう世界を予知して、これに精一杯立ち向かっていたのである。

香織は、微笑みだけで首を振った。

しかし、私はもう一杯砂糖を入れるのは間違いだという気がして、やめた。

「今度、フランス料理を食べにいこうね、隼人」

香織が、カップの柄に手を添えたまま、目を珈琲カップに落として神妙な調子で言った。

珈琲の次はフランス料理かと、少し重い気分になりかけた瞬間、私は、はっと気づいた。

今香織は、隼人と言った。河合君でも隼人君でもなかった。確かに、隼人と呼び捨てた。

私は、何か重大な出来事に遭遇したような小さいが確かな芯を感じる衝撃を受け、香織の顔を直視することが出来なかった。一方で、身体が浮き上がるような高揚感も感じていた。

「特に食べたいとは思わんけど」

私は、ことさら平静を装って受け答えていた。似たような形のフォークとナイフが何本も並ぶことだろうと、別の憂鬱が頭をもたげかけていたがそれ以上のことはなく、香織が隼人と呼び捨てて香織の方から一気に距離を縮めてきたことに神経を奪われていたのである。

香織は、微笑みながら首を少し右に傾け、また両手を組み合わせてその上に顎を乗せて、やはり顔を軽く右に倒しながらいろいろな話をした。首を軽く右に傾けるのは、香織の癖だと思った。私にとってそれは、この上なく愛くるしい所作だった。

長浜という町の名前は、秀吉がここに城を構えた時に名付けたとされていること、それ以前は今浜と言ったこと、城が在ったのは駅の向こう側、つまり琵琶湖寄りであり、今その城跡は豊公園《ほうこうえん》という公園になっていることなどを、ゆっくりと静かに、半ばひとり言のような口調を交えて、懐かしむかのような調子で語った。

「このまま真直ぐ北へ向かって山を越えたら、敦賀だわ。北陸の玄関口よね、この町は。空がそういう色をしてる」

香織が、身体を伸ばしてその向きを窓側に変えた時、白っぽいグレーのセーターが胸の膨らみを鮮やかに描いた。

何という幸せな、美しい曲線なのだろう。

女性のセーターは、胸の膨らみをあからさまに伸び伸びと描く。その曲線は、女性が生来享受している幸せというものを他の何物よりも正直に表現していると思われてならない。

香織の胸の曲線は、誇張がなく、かと言って控え目でもなく。他と独立して全く自由に流れているように見えて、私は香織が窓越しに仰いだ灰色の空ではなくその曲線に目を留めていた。

香織が目線を私に戻した時、一瞬香織の曲線から目を離すのが遅れたような気がする。私は、香織がしたのと同じように窓越しに空に目をやったりした。

「隼人」

香織は、私を見詰めた。たしなめるような、軽く叱るような呼び方にも聞こえた。そして、また首を少し右に倒す。

「隼人の初恋って、いつだった」

「初恋、記憶にない」

「あら、本当かしら」

「そんなこと聞いてどうする」

「隼人はもてるだろうなと思って」

「俺はもてん」

もてる、などと言えばおかしいだろうと思った。正直なところ、クラスの女子共はいちもく置いているだろうとは思った。しかし、それはもてるということには全く結び付かないことも分かっていた。

「ジュンちゃんなんか、隼人のこと好きよ」

「ジュンか、あれは関係ない」

「随分強気だこと」

「いや、そういうことは俺には関係ないということや」

「隼人は、どうしていつも強がってるの」

「そう。実際隼人は強い、強いと思うわ。運動会のことだってそうだわ。でも、いつもいつもそうやって何かに挑んでいくあなたを見てるのが、私、辛くなってきた」

私は、窮した。香織は、何を考えているのだろう。何を、感じているのだろうか。

「私は、もう新米とは言えないけど、まだ一人前の教師とも言えない。一人前の教師になるように努力しているのかどうか、それ自体に自信が持てないわ」

一体どうしたというのだ、さっきまでの香織とは様子が違う。笑顔が消え、右手をカップの柄に添えたまま伏目勝ちにそのカップに目を落としている顔は、ちょうど斜め上からその表情を見る格好となり、下に伸びる細い顎を隠すように伸びている長い睫毛が、細く突き立っている鼻の根元を飾っているように見える。

「人が人にものを教えるって、どういうことなのかしら。教師のくせに今まで考えたこともなかったけど、あなたが私の前に現れてからそういうことを考えるようになった」

店内にはラジオの音が小さく流れている。時々、それが音楽になる。これは、坂本九だ。

「初めてあなたと廊下ですれちがった時、色白で華奢な、随分背の高い子だと思った。そう、覚えてるわ、あなたは刺すような怖い目つきで私をちらっと視て通り過ぎた。三年生だと思ってたらまだ一年生だったのね、あの時は」

私自身の記憶にはなかった。随分前の話らしい。

「どこかから転校してきた子だろうと思った。この辺の子と何か違っていた。田舎とか都会とかそういうことじゃないの、あなたは今の子は持っていないあなただけという空気を持ってた。そんな感じがしたの」

香織も私が中学に入った年に赴任してきたのだが、ここへ来る前はどこにいたのだろう。聞いてみようかと思ったが、なぜか思いとどまった。

「傷はどう」

香織が不意に左手を伸ばして私の右頬に触った。

柔らかい。

何と甘美な柔らかさを持った指なのだろう。私は、思わず目を閉じていた。痛みにも似た細かい振動の流れが、私の身体を貫いて走り抜けた。

ハンドボール部の練習中に負った傷の痕は、まだ右の耳の下辺りから頬の真中まで斜めの線を描いて残り、その線は少し盛り上がった硬い肉になっていた。

醜く盛り上がったその肉の線を香織の指がゆっくりと辿り、下まで来た掌が私の右頬全体を包むように止まった。

一度走り抜けた振動が、また足元から駆け上がってくるのを感じた。

香織の体温が掌を通して伝わってきた。

掌が私の頬を愛惜しむような感触を残してそっと離れてから、間を置いて私は恐る恐る目を開けた。

私には少し悲し気に見えた、私の表情を逃すまいとしているような香織の真直ぐな視線と姿勢にまた店内の音楽がかぶった。

確かフランス映画の中の音楽で、「太陽がいっぱい」というその曲は、坂本九よりこの時の香織の風情に合っていると思った。もちろん、その映画を観てはいない。少年の想像の中にあった、都会の町なかに住む大人が感じるであろう寂しさを表現しているようなその曲調が、今の香織に合っていると感じただけである。

「あなたらしくない怪我ね。何度聞いても、リズムが狂ったとしか言わないけど、どうしてリズム、狂ったの」

「いや、庭球部の女子の方、見てた」

ここで私は、多少明るく、軽く声を挙げて笑うはずだった。しかし、私の言葉を無視するかのような、香織の詰問するような表情に押され、不器用な笑顔だけは造ったはずだったが声が全く出なかった。

「庭球部の方を見てたって、私のこと心配してくれてたの」

「俺が原因やから」

「違うわよ、隼人。私は私の考えでものを言って校長先生や村岡先生と意見がぶつかっただけよ。確かにあなたがいなかったら、運動会の問題も起きなかったかもしれない。でも、あなたが問い糾そうとした運動会やクラブ活動のことが意見の衝突した原因で、あなた自身が原因じゃない。間違えないでね」

理屈ではあると思った。しかし、それは私を慮《おもんばか》っての香織の苦しい言い訳のようにも受け取れた。

「私、今まで自分が教師であることをそれほど重く考えたことはなかった。でも、相手が誰でも真っ向からぶつかっていく隼人を見て思ったの。人にものを教えるって大変なことなんだって」

また香織は先ほどと同じようなことを口にした。

「教師用の教科書って見たことある、みんなと同じように見えるけど、合間に答えや解説しなければならないことが赤字で印刷されてるの。だから、その通りに喋っていれば授業は出来るわ。簡単っていえば簡単よね」

「それはずるい」

本気でそう思った訳ではないが、私は合槌を打つようなつもりで返した。

香織は苦笑しながら、また繰り返した。

「人にものを教えるって、そういうことじゃないよね」

「何か、悩んでるみたい」

「ううん、ごねんめ、折角のデートなのにね」

また一寸した衝撃だった。そうだ、これはデートなのだ。それも香織の方から誘ったデートなのだ。

二学期の終業式を終え、昇降口でエナメル靴に履き替えて帰ろうとした私は、靴の内底に何かがセロテープで留められているのを発見した。

丸く盛り上がって見えたそれは、三筋のセロテープで固定されていて、剝がすのに手間取るほどだった。

何重にも折り畳まれた紙片だった。

拡げてみるとたった一枚の紙だったが、余りにも幾重にも折り畳まれてセロテープが三重に重なっていた為、何か丸い塊が内底にくっ付いているように見えたのだ。

これが、私が香織から受け取った最初の手紙だった。

折り畳んだ名残りの無数の直線の折れ筋を背景にして、香織の躍動的な文字が伸び伸びと走っていた。

この手紙に導かれて、今私は香織の前に居る。

長浜駅から喫茶店までの道順が図で描かれていて、北陸本線米原発の列車の時刻も二つ示されていた。そのどちらに乗っても長浜駅の改札口の所で会えるように自分は待っている、もし万一会えなかった時は、改札口を出た待合室の伝言板を見るようにとの細かい指図もあった。

なぜ、長浜なのか。

香織の手紙は、それについては何も語ってはいなかったが、

「寂しい冬の長浜で待っています」

という末尾の一行が印象に残っていた。

冬の午後は一気に薄暮となる。そして、薄暮は充分に長く、夜はもっと長い。

喫茶店を出ると、薄いグレーの中に料理、仕立などという文字が鮮明に浮かび上がり、それらの店から洩れる灯りがかえって路地の空気を冷たく感じさせた。

駅に繋がる表通りに出ると、間隔を置いた街灯の弱々しい光の輪の中に小さな粒子が舞っている。

雪だ。

湖北の町に粉雪が舞う。

それは、街灯の灯りに反射しなければ気づかないほどのささやかなもので、奥ゆかしささえ感じられるほどに優しく、静かに降りてくる。

私たちの二、三十メートル先を往く中年と思しき女性の背は、雪と気づいていないかのようにゆっくりと薄暮の中を進んでいく。それとも、闇に包まれる直前の束の間に伊吹の使者たちを迎える帰り道の偶然を楽しんでいるのだろうか。それほど自然に、黒いコートの少し前かがみになった背は、まだ薄い闇とどこか控え目に舞いながら降りてくる粒子の中に溶け込んでいる。

自ら白く輝くでもないのにはっきりと判る粉雪は、やや濃い目のグレーの香織のコートにも吸い込まれていく。

「伊吹の季節だわ」

香織はきりっと顔を上げ、まるで深く呼吸するかのように伸びやかに全身でこの伊吹の使いたちを受け容れていた。

「長浜はね、いつも伊吹に抱かれているの。もし伊吹山がなかったら、この町の人は不幸だわ。いいえ、伊吹の懐だからここに町が出来たんだわ」

粉雪を吸い込みながら、香織が弾んでいる。

それを目にした私は、今日の場所に長浜を選ばせたのは、あるいは伊吹の仕業ではなかったかと感じていた。

香織が左腕で、私の右腕にすがった。

私は身体が硬直するのを感じたが、同時に私の内に小さな変化が生じていることにも気づいていた。

喫茶店には二時間以上はいたろうか。ほとんど一日をそこで過ごしたかのように感じたその長い時間のせいであったか、あるいは薄暗闇と粉雪のヴェールが与えてくれた世間から隔絶したかのような錯覚に因るものであったか。私の内に、香織の身体の重みを素直に心地良く感じる余裕が生まれていた。

私の身長は既に百七十センチを超えていたのだが、女性としては高い方の香織と肩をつけて歩いているとほとんど同じくらいの高さに感じられる。香織がハイヒールを履いているせいでもあったろう。

駅まではゆっくり歩いても三、四分くらいの間であったはずだが、もっと永く歩いてきたように感じられた。

駅舎の脇まで来て、二人で今歩いてきた通りに向き直った。

この町では広い通りであるはずの、駅から国道八号線に向かう駅前通りは、両側の街灯が余りにも小さい粉雪に包まれて、まるで霧に覆われたかのような鈍い光の中にあった。街灯の光の輪と薄暗闇との境界が、水彩で描いたかのように滲んでいる。

「豊公園に行くはずだったのに、ごめんね。私が話し込んじゃって」

私は、黙って首を振った。

「これ、私の日直の予定」

香織が、右手で私の左手を取り、折り畳んである紙片を握らせた。

「ほかに予定がなかったら、職員室へ来て。日直って、暇だもん。教科書と参考書、持ってきて。その時だけ私、隼人の先生になる。でも、全科目は駄目、日本史と世界史と地理、それに国語と英語。選択は何を取ってたっけ」

「美術」

「うん、美術もいいわ」

私は、予期せぬ展開に心が躍っていた。そして、少し可笑しくなった。

数学と理科が除外されているのは有難い。どちらも好んで勉強したいという科目ではない。しかし、音楽の担任である香織が音楽を入れていない。

当時、音楽という科目は、高校入試においても必須科目に入っていて、音楽理論の授業も試験も後の時代ほど生やさしいものではなかったのである。

例えば、香織の普段の授業中に行われる試験では、用紙一杯に楽譜の最初の数小節がずらりと並び、それらの楽曲名と作曲者を解答するというものもあった。対象はすべてクラシックである。

最初にレコードを聴く。次に、その曲の楽譜を一定時間眺める。楽譜の特徴的なポイントを香織が解説する。そして、もう一度、今後は楽譜を見ながらその曲を聴く。このようなことが音楽の授業では繰り返された。筆記試験では、その成果が試されたのである。

「音楽はね、要らないわ」

「何で」

「私、音楽以外の先生、やってみたいの」

「俺、実験台か」

「そう。私、文武両道の河合隼人の先生やるの」

この時の私は、それまでの人生で味わったことのない恍惚を覚え、どういう訳か、今直ぐ誰もいない学校か、轟音のような風の音が齎す静寂のみに支配された佐和山の城跡のような所へ取って返したい衝動に駆られたのである。

雪よ、もっと沢山降れ。いや、牡丹雪になって降れ。冬は、もっと冬でいろ、ずっと永く冬でいてもいい。

もし何かを口にしなければならなかったとすれば、私は思い切り少年らしく、こんなことを叫んでいたかもしれない。

しかし、次の瞬間私の採った行動は、全く少年らしくなかった。

香織の右腕をぐっと引きつけ、右手で香織の肩を駅舎のモルタル壁に押し付けた。そして、香織の喉元に顔を埋めた。

「あっ」

と、香織が軽い抵抗の声を挙げたが、私はさらに強く顔を押し当てていたのだ。

体育館の裏で初めて感じ取ったあの匂いに温かみが加わった香織の匂いが、身体中に充満するのを感じた。

これは、香織の肉の匂いだと思った。あの匂いに重さが加わって、確かな感触があった。

私は、この時初めて自分の内に入れたこの匂いを何十年も後まで忘れることがなかった。そして、折につけ自在にその匂いを思い起こすことが出来るようになり、忘れ去ることを恐れて反芻し続けたのである。

第四章
湖東の雪

1

三学期という学期は慌ただしい。

日数そのものが少ないから致し方がないのだが、始まったら直ぐ一月の末から試験となり、三月上旬にはまた学年末試験となる。クラブ活動が休止することはないが、皆がどこか浮き足立っているように見える。

クラブ活動にとっては雪が多いことも障害となる。雪で校庭が使えないとなると、体育館がグラウンドの代替となるのだが、何分狭い。狭いところへ幾つもの運動部が集まることになり、練習にならない。

私は、ハンドボール部と野球部の練習日をそれぞれ週一回とし、他は校庭が使える日でも休みとした。

それぞれ週三日の練習日があるのだが、晴れたら校庭、雪で校庭が使えない日は体育館などとやっていたら、体育館を使う段になって他の運動部との調整などを余儀なくされ、それが煩《わずら》わしかったのである。私は、天候にかかわらず週に二日ある体育館の使用権の内一日分を卓球部と庭球部に譲り、その代わり雪の日はハンドボール部と野球部が優先して使用するという交渉を成立させておいたのである。

皆が何となく落ち着かないのには、卒業式を迎える時期であることも影響している。二月に入ると、音楽の授業が「蛍の光」の練習に充てられたり、それなりに卒業式が近いことを意識せざるを得ないことが起こるのだ。新しい生徒会長がこの時期に選任されるのも、三年生を送り出す日が近いことと無関係ではない。

それにしても、私がクラブ活動に休日を設けるというのは、周りの者からみれば不思議なことだったろう。

運動は大脳に悪い影響を与えるという、私にしてみれば戯言《ざれごと》としか思えない暴言を吐いた校長権藤に、さすがの河合も逆らうことを恐れ始めたという見方をする者もいたに違いない。そういう見方をされることは元々神経質に嫌う性質《たち》で、そういう時こそたとえ校庭が雪に覆われていてもかえって足腰が強くなるなどと言って校庭での練習を強行するのが私流儀というものであった。

そして、人一倍扱い難い生徒であったことは紛れもなく、香織からも一言居士と評された通り、私を承服させるには親も教師もかなりの精神的エネルギーを要したはずである。

しかし、今にして思えば所詮中学生であった。

クラブ活動と同列に比較することは出来ないが、それに匹敵する、いやそれ以上の関心事が既に私の心理と生活を支配し始めていたのである。

木津香織のことであることは言うまでもない。

正月を挟んだ二週間の冬休みの間に、香織の日直は四回あった。もちろん、私は四日共朝から登校した。

長浜の翌々日が最初の日直の日であったが、私は、一応日本史の教科書を持って登校した。

さすがにこの日は長浜の記憶も生々しく、最初の一言は何と言えばいいのか、職員室の引き戸を引く段になっても沈鬱と言ってもいいほどに思い悩んでいた。

しかし、弱々しく引き戸を開けた瞬間から香織は私に他を思い煩う暇《いとま》を与えなかった。

「おはよう。隼人が呼び出し以外で職員室へ来たことってあったたっけ」

不意打ちを喰らって、私は引き戸を閉め切らないまま、真剣に思いを巡らせていた。当然、何らかの用事で来たことはあったはずだ、いつ、何の用事で。

「閉めて。まだよく暖まっていないわ」

私は、慌てて戸を閉めた。呼び出し以外でも職員室へは来たことはあったはずだが、こんなに言わば平穏にこの入口を入ったのはいつのこと以来だろう。

「ここへ来て。岡田さんの席を借りましょう」

香織は、運動場側の末席、自分の隣の事務員岡田澄子の席を指した。運動会でのどん尻事件で担任の村岡に呼び出された時、香織が突拍子もないことを言い出して助け舟を出したことが想い出された。

私が半オーバーを脱いで岡田澄子の席の椅子の背もたれに掛けて、腰を下ろした途端に香織は畳みかけた。

「さ、一時間目は何ですか」

今にして思えば、この時香織の方にも一種の照れのような気分があったのではなかったろうか。いつものように私の目を見据えて話すことがなく、一瞬一瞬に私に目をやりながらも、その視線が私の目に合って留まるということがなかった。

しかし、一度お互いの距離を確認した者同士が、その距離にお互いを置くということにさほどの時間は要しなかった。

「おとといは楽しかったわ」

やはりこういうことは、香織がリードしなければ時間は前へ進まない。映画などでは、ここで私が、

「僕も」

などと言うはずだが、私は澄子の机に鞄を置いたまま、両肘をついて組んだ両手に顎を乗せて同感の気持ちを込めて隣の香織に一瞥を投げるのが精一杯だった。

あの時、私はそこが田舎町では最も人が集まる場所でもある駅であることを意識する裕り《ゆと》を失っていたが、香織は強く抵抗しなかった。

私の両肩に自分の両手を当て、ゆっくりと私を離すと、例の如く顔を軽く右に倒し、穏やかな

笑みを返した。そして、私の背に手を回し、いたわるようにして駅舎に入り、私に米原まではなく彦根までの切符を買い与えた。

「彦根の方がいいわよね」

米原から帰宅するとなると、学校の在る鳥居本を経て中仙道を帰ることになるが、いかなる交通手段もない。米原を経由して佐和山の向こう側、彦根へ出たとしてもそのことは変わらない。ただ、彦根からの方が遥かに距離が近い。香織には、当然それが判っていたのである。

待合室には、ストーブの周りの長椅子と改札口に近い椅子に分かれて四、五人の客がただ押し黙って改札の始まるのを待っていた。

香織は私に向き合い、切符を私の半オーバーのポケットに押し入れて、私の襟を立て直しながら、

「日直の日、楽しみにしてるわ」

と言った。

もしあの時、たとえ強く抵抗しなかったとしてもその後の香織の振舞いが別のものであったなら、それによって私は今日ここへは来られなかったかもしれない。

しかし、少年というものは制御を知らない。

私の暴走は、この時既に助走を始めていたのである。

この日、日本史の教科書を持参したものの、香織は時々その頁を繰りながら全く関係のない湖東焼の話をした。

近江なら信楽焼と、それを知らない人はいない。湖東焼というものが存在することを、いや正

確には存在したことをこの日私は香織の話で初めて知った。

香織もまだ実物を見たことがないという。文献で知ったという。

信長にも献上されたと記録されている湖東焼は、長浜から小谷にかけての地域で焼かれていたものらしい。

今度湖東焼を見にいこうということになった。

「どこにある」

「分からないわ。もっと調べてみるね」

焼物の話が陶工の話に移り、古代の渡来人のことへと発展していき、さらには万葉集の解説へと続いていった。

学校は静かだった。もちろん、校庭にも人影はない。

香織の声が途絶えると、職員室には柱時計の規則正しい音が響いた。時々ストーブの炎の具合が変わる時、ストーブの中で控え目な音がした。

今この学校に居るのは、香織と私以外は用務員の中辻夫婦だけのはずである。

今自分は、香織を独占している。このことが、何にも増して心地良かった。一種の快感を覚えていたと言っていい。

昼前になった頃、私が今日も使った体育館側の昇降口の方から廊下を歩いてくる鈍い音が近づいてきた。

反射的に身構えてしまった私を、香織は小さな声を挙げて笑った。

「中辻さんよ」

香織が言った通り、

「御免下さい」

と廊下から声を掛けて、引き戸を三分の一ほど引いて顔だけを職員室へ突き出したのは、私がオバさんと呼んで親しんでいた用務員の中辻だった。

「こんちわ」

私は、秘密の逢瀬を見られてしまったような心地がして、バツの悪さを押し隠して精一杯平静を装った反応をしてみせた。

「河合君、精が出るね。先生、お茶用意しましたよ」

「有難うございます。直ぐ伺います」

香織が快活に返すと、中辻はそのまま戸を閉めて引き上げていった。

「隼人、お昼にしましょ」

「俺は」

「あなたのお弁当、持ってきたわ。まずいなんて言ったら承知しないわよ。一生懸命作ったんだから」

「いや、うまいけど」

「一口か二口食べてから言うの、そういうことは。不器用なんだから、隼人は」

まさか香織が私の弁当を持ってきてくれているとは思わなかった。もしこの時、このまま二人で職員室でその弁当を食べるということになっていれば、私の満足感はいかばかりであったろうか。用務員室で食べるという香織の段取りが、私の悦びを多少減じたことは否めない。

用務員室へは、廊下が尽きる所で二、三段の低い階段を下りる形で入ることになる。下りた場所は簀《すの》敷《こ》きの広い炊事場になっており、例の顔面に裂傷を負った時、私はここで傷口を洗ってもらい、香織たちから応急処置を受けた。

「お借りします」

香織は、随分と気軽に和室に上がり、左手の奥へ入った。私も従った方がいいだろうと思って奥へ入ったものの、先に小さな丸いテーブルの前に座った香織と同じように直ぐ座ってしまっていいものかどうか、少し躊躇した。

「どうしたの、いらっしゃい」

私は、神妙にテーブルの前に正座した。

香織が背にしている窓は、下半分が擦りガラスになっていて、上半分に体育館のコンクリート壁が見える。冬の陽は早くも西陽になろうとしていて、香織の左肩へ差し込んでいる。

よく見るとこの部屋は六畳間で、襖はないが敷居があるところからすると、炊事場から見て正面の間は次の間のような小部屋だったのだ。座った私の背の側に襖が閉じられていて、きっとその奥が中辻夫婦の私室に違いない。

「すみません、温めていただいたの」

「ええ、上等のお弁当箱やから直《じか》にはせんと」

香織が嬉しそうに手を当てて温かいことを確かめているテーブルの上の弁当箱は、漆塗りであろうか。両端が丸く、箱全体が細長い片方には文箱にあるような絵が描かれている。私の側から見ると、竹の葉っぱのようにも見えた。私の分と思われる弁当箱は、香織のものよりも大きく、ただ長方形だが、やはり黒く光っていた。

私がこのような弁当箱を見るのは、一昨年のことだったろうか、家で誰かの何回忌だったかの法事の際、彦根の安井から沢山の仕出し弁当が届いた時以来だったろう。

今思い返すと、この日香織が持ってきてくれた弁当に入っていた肉は鶏の唐揚げだったように思う。年に何度かは家でも鶏肉は食べていた。大概はすき焼きにして食べる。私が鶏を絞め、父が内臓を捌《さば》く。

しかし、鶏の唐揚げという都会の人間がよく食べそうなものを口にしたのは、この時が初めてだった。

安井のもののような弁当箱と知らないおかず、それらの色彩に気おされていたにもかかわらず、私はあれは誰の法事だったのだろうかと我ながら不思議なことを考えていたのである。

この時から、日直の時に限らず香織とどこかへ出かける時は、香織はいつも私の弁当も持ってきてくれた。弁当箱は、外へ出かける時はアルミのブック弁当だったが、私はそれの方が安心出来たのである。

この用務員室での香織と中辻の会話から、私は香織について幾つかのことを知った。

香織が既に二児の母であること、二月に二十九歳になること、生まれが安城であること、実家が今は長浜にあることなどだった。

あの日、なぜ長浜だったのか、これで合点がいった。

それまで私は、香織が人妻であることを知らない訳ではなかった。いつ頃、誰に聞いて知っていたのか、そういうはっきりとした認識ではなかったような気がする。

子供のこともそうだ。

知っていたと言うより、分かっていたような気がすると言った方が近い。紛れもなく知ったのは、この日、中辻と香織とで交された会話からだった。それまでは、結婚しているなら子供がいるだろうという程度の漠とした、どこか不安を伴った推量にしか過ぎなかったかもしれない。

それは、恐ろしい推量だった。

この話題を切り出した中辻は、何かを企図していたのかもしれない。

しかし、この時の私は、どこかで耳を塞ぎたくなるような心情に陥りながら、一方で香織との間隔が確実に縮まったことに昂揚し、その匂いまでも己の身の内に入れたという、まるで初めて女を征服したかのような恍惚とした気分に浸るというところが勝っていたのである。

少年とは、不安定そのものである。不安定であるにもかかわらず、その中で永遠に続くと勝手に確信して幸せの絶頂感を創り上げていた私という少年も、普通通りに幼かったのである。

2

私にとって最も強く記憶に沁み付いている冬の景色とは、体育館に通じる吹き抜けの渡り廊下を、両手で胸に楽譜などを抱き締めながら、肩を窄めて歩く香織の姿である。

ここですれ違う時、香織は必ず一瞬であったとしても、私と香織だけの香織になった。教師と生徒として普通にすれ違うということをしなかったのである。

「何、あの答えは」

と軽く睨みつけて、体育館から教室へ引き揚げる私に可笑しさを噛み殺したような笑みを投げ掛けて通り過ぎたことがある。

音楽の筆記試験で、ビバルディの「四季」の楽譜に確信が持てず、しゃくだから「有名な西洋音楽だが興味なし」と書いておいた時のことである。

またある時は、よほど寒かった日だが、

「何よ、この寒さ。伊吹に言っといて」

と言っていつもより足早に通り過ぎていった。

時には、

「おっす」

とだけ、茶目っ気たっぷりの声だけ掛けて通り過ぎていくこともあった。

もちろん、私が何らかの応えを返すほどの間はない。香織がこの渡り廊下で、一瞬以上の私との時間を持つことはなかった。

不思議なことに、かと言って香織が学校においてはあくまで教師と生徒として、私に対する立ち居振舞いに自ら律するところを設けたかといえばそれは全くなかった。

私が暖かそうな午前中に、授業を放棄して渡り廊下と反対側、つまり佐和山を正面に見る体育館の裏側でただぼんやりと日向ぼっこなどをしていると、香織がやってきて隣に腰を下ろすのである。

「私、隼人の先生になる」

と、自分に言い聞かせるように言った長浜のあの日から、香織は確かに私しか見ていないようでもあった。

気持ちとは裏腹に当初はうろたえるというところがあった私も、次第に学校の中で二人の時間を持つということに馴染んでいった。

卒業式を迎える頃には、二人の光景は誰もが知るところとなっていた。

卒業式の前に、また担任の村岡だけでなく、校長権藤をも向こうにした揉め事が起きた。

卒業式の前に来年度の三年生、つまり私たち二年生から生徒会長を選ぶのが恒例である。

なぜこの時期かと言えば、卒業式で在校生を代表して送辞を述べる者が必要となる。私には、それ以外の理由を思いつくことは出来なかった。

一年生、二年生は、圧倒的多数で私を生徒会長に選んだのである。卒業していく三年生に投票権はない。

この時代、生徒会長が学業成績を無視して選ばれるということはない。しかし、それがすべてということももちろんない。成績をみても、この時点で私は二年生のトップにいた訳ではなかった。私の学年は、私を含めて常に四人の争いだった。横田、佐々木、小原《こはら》、そして私が常に四位までを占め、試験毎にこの内の誰かがトップとなった。稀にでもこの形が崩れることはなかった。横田は理数系に強い。総合力では佐々木が一番だったろう。小原は、時折さっと一番を獲る。私はと言えば、気分屋というところがあり、時々試験前日の一夜漬けすら馬鹿馬鹿しくなり適当に済ませるということもあって、大抵佐々木の後塵を拝していた。ただ、不思議なことに四番になることはほとんどなく、もしスポーツのように平均得点で表せば二番か三番というところではなかったろうか。そして、それ以上を望む気持ちもさらさらなかったのである。

そういう私が生徒会長に選ばれたのは、無類のスポーツ好きだったからだろう。それしか他に思いつく理由は存在しなかった。生徒の世界では、スポーツの出来る者がよりヒーローに近いものだ。

選ばれたら、やるしかない。これもまた、私の思考様式だった。佐々木はどう思っているかなと、少し忖度《そんたく》したが、それも忖度というほどの気持ちでもなかった。

それより、担任の村岡や校長の権藤は不愉快な思いをしているだろうなと、その方が気が重かった。何かと話さなければならないことが増えるのではないか。

私が生徒会長に選ばれたことを一番早く私に伝えたのも、実は香織である。開票作業は、職員室で教師たちが行うのである。

この時、私は用務員室でスパイクの底の金具を修繕していた。二足目のスパイクも、もうガタがきている。

コツコツといういつもの室内履きの音が近づいてくると、気持ちが躍る。

「あら、ここだったの」

「留め金が緩んできた」

「生徒会長になったわよ」

「俺が」

「やっぱし河合君は人気があるねえ」

中辻の主人が口を挟んだ。今日は、オバさんの方はいない。

香織は、嬉しそうに微笑んでいた。正直なところ、香織が喜ぶことではなかろうと思った。

半ば正直な気持ちでもあったが、私は敢えて苦々し気な表情をつくったものである。

「面倒くさい」

案の定、面倒なことが起こった。

生徒会長に選ばれて三日目の金曜日のことだった。

いつもより早めに昼休みの校庭から引きあげて教室で本を読んでいると、担任の村岡がやってきた。この時私が読んでいたのは、丹羽文雄の「日日の背信」である。私は、慌ててその単行本を裏返しにして机の上に置いた。

「河合、来週の月曜日の朝礼で生徒会長就任の挨拶だ」

村岡は、机の上に裏返しになっている単行本を一瞥したが、それには触れず用件のみを言った。近頃、村岡も心得てきている。余計なことを言うと、また私と揉め事になると感じていたのかもしれない。

「どうしても挨拶せんといかんですか」

起ち上がっていた私の身長は、村岡と同じくらいだった。同じくらいに感じたということは、正確に測れば私の方が高かったのではないだろうか。人は、同じ身長で相対すると、相手の方が高く感じるものだ。

「みんなに選ばれたんだから、生徒会をどういう風に運営していくか、自分の所信を述べるのが普通だろう」

「生徒会は生徒会長が運営できるんですか」

「学校の指導を受けて、生徒会長がリードしていくんだろうが」

「学校の指示通りやるということと違いますか」

「生徒が何でも勝手にやるというのはおかしいだろう」

村岡の表情に苛立ちが浮かんできた。

このやり取りに関しては、私の方が村岡を挑発していると言った方が当たっている。その頃の私は、村岡の、それが当然というもの言いが嫌いだったのである。本当にそれが当然でいいのかという少年期特有の反抗と言えばもっともらしいが、その内容は後で考えればほとんど屁理屈に近い稚拙な反論だった。

村岡も厄介な生徒を抱えたものである。

村岡は、就任挨拶をするに際して翌日の土曜日に下書き原稿を提出せよと言う。

私は、ここを譲らなかった。

自分の挨拶は自分の言葉で言う、従って原稿など書くつもりはない。これが私の言い分である。

村岡は、生徒会長に相応しい挨拶になるかどうかを事前に見て、不足などがあれば助言するのだと言う。

それに対して私は、検閲ではないかと反論する。この反論に対して村岡は巧い言い方をした。

「原稿を無理やり直せというのなら検閲かもしれん。そうではなくてどれだけ民主的な生徒会運営を目指しているか、そういう内容になっているか、それを指導するのは民主社会の教師の義務になっている」

時代であろう。

民主主義、民主社会と言われては、何も反論出来ない。

村岡が教室を去るや否や、ハンドボール部の寺本が真っ先に寄ってきた。

「どうする」

「適当に書いて出しとく」

「それで直されたら、どうする」

「提出用に書くだけでそんなもん、読む気はない」

寺本は、

「面白そうやな」

と､周りに同意を求める風に左右に顔を振りながら言ったが､周囲の者は特に反応を示さなかった。

私は、翌土曜日に原稿用紙四枚ばかりの生徒会長就任挨拶の原稿を村岡に提出した。金曜日に言いつけて土曜日に出させるとは全く怪しからんと、金曜日の夜にそれを書いている時になって腹が立ってきた。それを反論の理由にすればよかったと、ふと考えたりしたのである。

内容は、我ながらよく出来ていると思った。これなら、文句のつけようはないだろう。

いよいよ日本が国際社会に復帰した時期に際し、我々には今後益々国際的視野というものが求められる、その訓練の場である学校生活を有意義に送りたい、その実践の場として民主的な生徒会運営を心掛けるつもりであるから皆の一致協力を求めるという、私の考え得る村岡の求める原稿としては非の打ち所がないと確信した原稿だった。

ところが、この中に「残念な敗戦を経て」というくだりがあった。村岡が問題にしたのは、この一点だった。

土曜日の終業は、十二時四十五分である。

私は、また体育館の裏で時間を潰し、頃合をみて用務員室へ行ってみようと思っていた。どちらかへ、また香織が姿を見せるだろう。明日が香織の日直なら別だが、今度会えるのは月曜日だから香織は来るに違いないと私は確信していた。

教室を出ようとした時、逆に教室へ入ってこようとした事務員の岡田澄子と出くわした。

「あ、河合君、村岡先生が」

と言ったまま、教室には入ろうとしない。

澄子と肩を並べて廊下を歩き始めると、小柄な澄子が私を見上げるようにして言った。

「今日は別に何もなかったわよね」

「俺はいつも何もない」

澄子は、解せないという表情をしていた。自分の知らないところで、また私が村岡と揉め事を起こし、村岡から呼び出しを受けたと思っていたに違いない。

「何かしら」

と、また私をいぶかしげに見上げる。自分の全く知らないところで、私と村岡との間に何かが起きていたとしたら、それは彼女にとって不愉快なことだったのかもしれない。

私を見上げる表情が、何かを探るようなそれになっている。

「俺には何もなくても、向こうに何かあるのかもしれん」

澄子の、一種の疑いを含んだような目つきを無視して、私は歩を速めた。

職員室へ入ると、校庭と反対側の上座の村岡はじっと腕組みをしていた。その視線が机の上の原稿用紙に注がれている。私の提出した就任挨拶原稿であることは、そばへ近づく前に分かった。

それにしても、香織が日直の時に来る職員室とは余りにも違う。とても同じ場所だとは思えない。そこに教師たちが居るか、香織だけが居るかが違うだけで、机の数も向きも、雑然としたそれぞれの机の上が連なって作る職員室らしい平面も何ら変わるところはない。そこに居る人によって、この空間は全く別物になる。今日のこの空間は、既に不愉快である。

私がそばに立っても村岡は、暫く机の上の原稿用紙を見詰めたまま沈黙していた。

「来ました」

と声を掛けてあるので、私もそのまま黙って立っていた。

「よく出来ている」

村岡が、漸く第一声を発した。

それで終わる訳がない。従ってこれは、あくまで第一声だ。私はそう了解しているので、何も反応せず次を待った。

「一つだけ直した方がいい点があるね」

村岡は、初めて私の顔を見上げた。いつになく柔和な表情をしている。

「そうですか」

こういう答え方が、一番油断がなくていいことを私は会得していた。「どこですか」などと返したら、一気に村岡が争点にしようとしているところへはまってしまう。そうなるとたちまち反論を開始しなければならない。暇ならそれもいいが、今日は厄介だ。「そうですか」と平たく言っておけば、この場は素直に従っておくことも出来るというものだ。

「残念な敗戦を経て、という部分だけどね、ま、悲惨な戦争体験から学んで、という風にした方がいいね」

私の、この場の対応の思惑が一気に崩れた。

「残念な敗戦、はなんでいかんのですか」

「日本はあの終戦で漸く軍国主義から解放されたんだ。それは知ってるだろう」

「敗戦は残念ではないのですか」

「大きな犠牲を払ったことは残念だ。しかし、終戦で漸く軍国主義が終わって今は民主主義になった。河合はご両親は健在だったな」

「父は生きてますが、八路軍に指吹っ飛ばされて、身体中肉が剝がれてます。叔父はフィリピンでアメリカに殺されました」

私は、完全に平静を失っていた。

「戦争に負けて、何で良かったんですか」

村岡がこの場で、戦争に負けて良かったという表現をした訳ではない。しかし、日本は戦争に負けて良かったという言い方は、日常よく耳にする世間の普通の言い方だった。ラジオの普通の番組でもよく言っている。

「叔父さんのような尊い犠牲があって、日本は民主主義を勝ち取ったとも言えるんだ」

「大東亜戦争で死んだもんだけが尊い犠牲者ですか」

「いや、お父さんもお気の毒だ。どこで負傷された」

「中国です。担架で担がれて南京に入城しました」

「そうか。満州事変からずっと沢山の兵隊さんが犠牲になった。赤紙一枚で召集されてね。軍部独裁の不幸な時代だったね。だから、二度と戦争しちゃいかん。せっかく勝ち取った民主主義を守らんといかん。そうだろう」

「勝ち取ったって、どういうことですか、アメリカに負けて進駐軍に言われてやってるだけのことや」

「河合、それは違うぞ。誰に聞いたか知らんが、そんなことを言ってると反動軍国主義者と間違われるぞ」

私はとっくに逆上している。

「あほらしい。自分の国が負けて残念や言うたら軍国主義、特攻で死んだ奴はどうなる、民主主義、民主主義言うて、米帝倒せ言うて国会に突入したら民主主義や、特攻で死んだ奴も回天で死んだ奴もみんな軍国主義、で終わりや。あほらしい。失礼します」

私は、礼をせずそのまま踵《きびす》を返した。

同じタイミングで、例の校庭側の末席から二番目の席にいた香織が起ち上がったのに気づくことは出来なかった。

つかつかと職員室の出口まで進んだ時、不意に左横に香織がいた。次の瞬間、香織の右手が思い切り私の左頬を打った。

「なぜ逃げるの」

頬に痛みは感じなかったが、熱かった。

「なぜ逃げるの、隼人。言いたいことを最後まで言いなさい。村岡先生と最後まで議論しなさい」

逃げるつもりなどさらさらない。スポーツでも、試合に負ければ悔しいではないか。まして国と国との間の戦争で、負けて悔しくはないのか。負けて残念だと思うのが普通ではないのか。なぜ、残念だと言ったら民主主義ではないのか。

私はそう言いたかったが、香織の平手打ちに動転して声が出なかった。

私がこの中学に入った頃の愛読雑誌は「丸」だった。中学であれ高校であれ、民主主義教育が施されている学校へ通う生徒が読む雑誌ではない。

さらに私には、異常とも言える戦争というものを我が身に体感する素地があった。それを植え付けたのは、父である。

もちろん、父は意識してそれを行うほどの教育家でもなければ、何らかの確固たる思想の持ち主でもない。今は、不自由な身体で農作業に就いている、凡庸としか言いようのない農夫である。

この父の唯一の自慢が、金鵄《きんし》勲章だった。

父は、金鵄勲章を授与されるに至った満州平原から南京入城までの自分の前線体験を生々しく私に語った。

それも半端なものではなかった。何しろ、私が二、三歳の頃から田畑へ出ない日には必ず自分の膝の上に幼い私を座らせて、戦場の話を聞かせるのである。

あぐらを組んだ父の膝の中に座っている感触を、私は晩年になった今も覚えている。甲種合格を誇っていた父の厳つい体軀の膝の中は、幼子にとって心地良い場所だった。その心地良さだけが私を惹きつけていたのであって、幼い私に父の語る前線の話が理解出来る訳がない。

しかし、反復というものは恐ろしい。

小学校へ入る頃には、陸軍にまつわる軍歌は大概唄えた。中国戦線最前線の兵の食事がどのようなものであったか、野戦病院で麻酔もなしに行われる手術がいかにひどいものであったか、初年兵がどういう扱いを受けるかなどということが実感を伴って分かっていたのである。

そして、私の身体が覚えている最も顕著な戦争感覚とは、私を膝の中に乗せ、泣く子をあやすかのように自分の身体を揺らせながら軍歌を唄い、軍人勅諭《ちょくゆ》を諳《そら》んじている父の身体そのものだった。

左手の薬指がなく、ふしくれ立った厳つい手、あちこちの肉が削がれている両足、半ズボンの夏などは、両足や二の腕に無数の細長い穴が出来ているのが露《あらわ》になっていた、手榴弾にやられた身体であった。

幼い私は、こういう父親の身体に常に触れて育った。

しかし、こういう幼児体験が私を村岡の言う反動軍国主義者にしたなどとは、私自身は全く思っていない。

なぜなら、私は父が偉いなどと思ったことは一度もなく、勇敢だったと感じた記憶も全くなかった。感化を受けたという覚えがないのである。

一つには、母の反応があった。

膝の上に乗せてというのはさすがに幼児期だけだったが、その後も父は折に触れ、母がいようといまいと私に前線の話を聞かせることをやめなかった。そして、母がそれを制止したということもなかった。

ただ、いつ頃からだったろうか、母が時折解説を挟むようになっていた。

そういうところが陸軍の過ちだったとか、そういう人たちを満州浪人と呼んでいたとか、時には内閣が関東軍を止められなかったなどと私には理解出来ない当時の政治情勢なども含めて、ひとり言のように呟くのである。

切腹のことで深刻に悩んでいた小学校の終わり頃になると、私は何気ない風を装いながらもむしろ母の解説に耳を傾けていた気がする。

父の話は、同じ話が何年にも渡って何度も繰り返されるので、既に詳細まで把握している。繰り返される話というものは、繰り返されるうちに誇大になっていくのが普通だが、父の話にはそれがなく、実に正確な反復と言うべきだった。それ故に私は、幼児期に膝の中で聞かされた話を、これも正確に思い起こすことが出来たのかもしれない。

後年になって考えると、母の解説が父の体験談に一種の客観的な位置づけを与えたと思われる。そういうことがなぜ行われたか、それが戦場の誰にでも起こることなのかどうか、母の解説によって私はそういう判断を積み重ねていったような気がする。大袈裟に言えば、母の解説が父の体験談を私にとって歴史にしたと言えようか。

しかし、中学に入って私を「丸」に熱中させたものに、父の肉の感触というものが入り込んではいなかったと言い切れるだろうか。

いずれにしても、戦後十五年も経つと教師といえども、こと戦争のこととなると私を言い負かすことは難しかったはずだ。私自身にそういう自負があった。いざとなれば、戦争についての語彙の豊富さで圧倒すればいい。

香織を凝視《みつ》めながら、父の肉の感触が蘇ってくるのが分かった。

私は村岡の席へ戻り、彼の机の上の原稿用紙を左手で乱暴に握り取った。

「先生、傷痍軍人《しょういぐんじん》の身体、触ったことありますか。傷痍軍人は反動軍国主義者ということになるんですか。これは、教師の命令やから直してきます」

そう言うと、一瞬村岡の眼を睨みつけ、原稿用紙を鷲摑みにしたまま香織に一瞥もくれず、叩きつけるように引き戸のドアを閉めて職員室を去った。

3

伊吹山がその営みを忘れることはない。

日曜日の夜、冷たい布団の中で身を閉じて、布団の温まるまでを耐えていた時、一瞬それまでにはない静寂を感じ取った。

雪だ。

静寂と闇以外に何物も存在しない冬の夜でも、雪が降り出す時の真空のような瞬間は、それまでの静寂の中に身を置いていても全く異質の静寂として、その微かな波長を嗅ぎ取ることが出来る。それは、伊吹が一瞬息を止めるようでもあった。

翌朝勢い良く雨戸を開けると、温かく盛り上がるような白色が一気に私を包んだ。

やはり、昨夜あの時降り出した雪は、庭の小さな築山《つきやま》の膨らみを一層大きく膨らませ、水屋の屋根の樋《とい》をも隠すように分厚く覆っている。

今日の朝礼は体育館だなと、思った。平地なら四、五十センチは積もっているだろう。校庭での朝礼は無理だ。

この地に雪が積もると、原村の父兄は通学する子供たちの為に隣の小野村までの中仙道の雪掻きをする。幅一メートルほどの通学路を確保するのである。

小野から鳥居本までは小野村の父兄が受け持つ。このようにして凡そ四キロの通学路が確保される。

鳥居本は町であるから、特にそういうことはやらない。しかし、各々の家の前だけは雪どけをするので、鳥居本に入ってしまえば難儀はない。

中仙道の真中に出来た細い通学路は、白のみの空間に黒い一本の線となって中仙道と同じようにくねって伸びていく。街道が黒くなるのはこの時だけである。

雪の朝の通学は、中学生が先頭と最後尾に付き、小学生の集団を挟んで一団となって進む。

私は、先頭を歩きながら時々後ろをついてくる六年生の勉《つとむ》を振り返った。小学生の集団の先頭と最後尾は六年生と、これも決まっている。

原村には中学三年生が一人いたが、彼は今日の集団の最後尾を務めている。

朝礼の際の生徒会長就任挨拶をどうするか。

考え事をしながら進むには、頃合の速度だった。それでも時々、勉を振り返った。その度に勉は、その丸い目で少し驚いたように私を見上げて立ち止まった。

何度目かで私は勉に声を掛けた。

「お前、後ろは大丈夫か」

勉は、また丸い目で私を見上げてこっくりと頷くだけだった。小さい頃から妙に私に懐いている勉は、こういう時は実にいい加減な奴だと思った。

原稿は村岡に渡してしまっている。

香織に平手打ちを喰らった後、教室へ取って返し、村岡が指摘した修正箇所にシャープペンで二重の線を引き、その横に「悲惨な戦争体験を経て」と書き込み、再び職員室へ取って返して、

「直しました」

とだけ言って、村岡の机の上に置いてきた。

村岡は何か言いたかったのかもしれないが、その暇を与えずに私はその場を立ち去ってしまった。

当然、香織と話す機会はなかった。

不思議なことに、香織から平手打ちを受けたことにはさほどのショックはなく、むしろ訳もなく香織に対して優位に立ったとでも言おうか、香織の方から何か言ってくるという安心感にも似た落ち着いた気持ちで日曜日を過ごしたのである。

それにしても壇上で何を喋るか。

昨日一日は、香織のことは考えたが、挨拶の内容については何も考えなかった。月曜日になって、朝飯を食い、登校して、始業ベルが鳴って廊下を歩き、そうやっている間に何かがまとまる

だろうくらいに漠としか意識していなかった。

今、雪の中の細くなってしまった街道を長靴を履いて歩きながらも、夜半に降り出した雪は大抵朝には上がっているものだとか、小学生の頃は身長の半分ほど積もることが多かったが、最近は五十センチも積もれば多い方だとか、勉は六年生になってもまだ何だか頼りないなどと余計なことが頭をよぎっていた。

こういう気分は、非常に居心地が悪い。

この居心地の悪さは、朝礼で体育館へ集合した時まで続いた。

「では、新しい生徒会長、河合隼人君」

教頭の声が届いた時が、まさに思考がまとまろうとしていた時だった。いや、考えあぐねているとそういう錯覚に陥るものかもしれない。

壇上に上がって漸く居心地の悪さが晴れた。

結局こういうことは、もう後がないという時になって初めて気持ちが晴れるものかもしれない。

私は演壇に両手を添え、ゆっくり喋ろうと思った。同時に、両手を添えるのは偉そうな印象を与えるのでまずいかなとも思ったが、違ったポーズを思いつくことが出来なかった。

朝礼に限らず体育館でのあらゆる集まりでは、マイクはない。

「今後一年間、皆さんの指名で河合隼人が生徒会長を務めます」

これが第一声だった。

「よろしくお願いします」

と続けて、一寸間を置き、体育館全体を見回した。

演壇から見ると右手下のピアノの後ろに香織がいる。体育館での集会の時の香織の定位置だ。同じ右手の窓に沿って一列に並んでいる教師たちの列より一段下がっているので、校長の斜め後ろという演壇に最も近い位置にもかかわらず、上座という感じが全くしない。

第一、椅子が違う。

教師たちは普通のパイプ椅子に座っているが、香織は目の前にあるピアノを弾く時に使う丸いピアノ椅子に腰を下ろしている。この場用の椅子が与えられていない。座っている位置も椅子も、卒業式や入学式で香織がピアノの弾き手を務めるという事情が為せる形であろう。

生徒は立ったままである。

ピアノ椅子が回転するせいであろうか、教師たちが真直ぐ生徒たちに向いているのに、香織は身体を斜めにして演壇の私に向いている。

表情まではじっくり観察出来ない。

しかし、香織の姿をすべて目に留めた時、私の内で何かが定まった。

顔を正面に戻し、

「好んで生徒会長になった訳ではありませんが」

と喋り出した。

選挙で生徒会長を選ぶのがいいことかどうか、自分には解らない、皆が選挙に加わって選挙するのが民主主義だと言うが、民主主義というものが全体どういうものか、それも自分にはよく解らない、従って、選挙という方法が民主主義かどうかも解らない。

いつもの屁理屈のような話を始めていたのである。

私は、自分流儀にやるから、それに異議が生じたり、不満が多数になった時は速やかに生徒会長を代えるように訴えた。

この段で、半分以上の教師の顔が演壇の方に向いたのが視野に入っていた。

私の話は二十分に達した。

二十分という数字は、後日香織から聞いたものである。

自分たちは戦争が終わった途端に生まれた、戦争に負けたことを何ら恥じることはない、しかし、親の仇は子が討つのが武家社会の習い、民族にも親子と同じ繋がりがあるならば我々は我々の意思で国際社会に向き合うべきだ、一次大戦で敗れたドイツは僅か二十年で起ち上がった、もう一度戦争せよと言うのではない、親が討たれるのをただ見ていた人間の言うことを真に受ける必要はない、自分自身の努力でドイツ人のような逞しいエネルギーを身に付ける必要がある。

このようなことを、恐らく乱れた脈絡で喋り続けていたのである。

常日頃考えていたことではあったが、時代の常識として人に話せるような内容ではないので口に出して喋ったことがなく、どう結んでいいのか収拾がつかなくなっている。

顔をどす黒く赤らめた校長の権藤が起ち上がった。つられて教頭が半腰になる。

すかさず私は校長の方を向いて、声を張り上げた。

「まだ終わっていない」

二十分後、私は校長室にいた。

全校の一時限目は自習になっていた。

校長室では、私はほとんど沈黙を守った。必死で押し黙ったのである。

生徒会長はいつでも辞めるということだけを、二、三度繰り返した。

私は、権藤でなくても教師の誰かの制止か、何らかの制止を求める反応を待っていたのかもしれない。話の途中でどう結ぶかを考え出し、話をそちらへ持っていこうとしたが、なかなかそれが巧くいかなかったのである。

いつにも増して大きな血走った眼を剝いて起ち上がってくれた校長権藤の反応は、渡りに舟のようなものだった。

従って、ここは黙って耐えるに越したことはない。

結局、一時限目を自習にせざるを得ない混乱を引き起こしたことを理由として、保護者を呼ぶということで私は解放された。

結果的に言えば、私はこの後中学三年生の一年間のほとんどの一時限目の授業をサボタージュしたのである。

この日の放課後は、用務員室の和室へ上がり込み火鉢に手をかざしていた。月曜日は、体育館でクラブ活動をやる日ではない。

重い空が益々重苦しくなっていて、また降り出すのではないかと思われた。

「あら、先生、河合君、いますよ」

中辻の声に間を置かず、香織が澄子と一緒に現れた。

香織と澄子は、中辻に何も言わず私のいる和室へ上がってきた。中辻には会釈くらいはしたのだろうが、和室の奥にいた私には見えなかった。

何も言わず、さほど大きくもない火鉢の前へ正座しながら、二人が同時に手をかざした。私は慌てて手を引っ込めた。

「あら、どうして。私たちが押しのけたみたいね」

香織が一寸右へ顔を傾けて、随分と優しく笑みを湛えて私の顔を覗き込んだ。それは、普段の香織よりも随分と優しい口調に感じられた。

何やら張り詰めていたものが一気に瓦解していき、私は泣きたいような気分に襲われて、目を伏せてしまった。

例の匂いが、懐かしく迫ってきた。

澄子のものではない、これは紛れもなく香織のそれだ。

私の右手に座った澄子は、黙って火鉢の中に目を落としている。

ほんの暫くの沈黙があった。

この間が私を助けた。

もし、それがいつもより優しい香織であったとしても、いや優しければ優しいほど、間を置かず香織が何かを、例えば私をいたわるような言葉でも発していたら、私は不覚にも涙を見せてしまっていたかもしれない。

「何だか月曜日から長い一日だったわ」

「ほんと、嫌な月曜日でしたね」

澄子が、初めて口を開いた。

私の声が少ししゃがれているのが判った。

「俺のせいや」

「そういうことじゃないわよ、河合君のせいじゃないわよ、ねえ、先生」

香織は声を殺すようにして笑っている。

「いつもと同じ。隼人が何かする、校長先生や村岡先生がびっくりする、そして、大騒ぎになる」

「そして、先生が職員会議で村岡先生とやり合うって順番ですよね」

澄子の溜息混じりの一言に、私はびっくりした。またやったのか。

もし、今日職員会議をやっていたとすれば、それは臨時会議のはずだ。平穏な会議ではなかったことは確かだ。

「やり合うってことじゃないわ。私、格好いいこと言えない。私はね、私は隼人の先生。隼人のこと、私が一番解ってあげなくちゃ、ね」

香織が、また顔を右に倒して私に微笑みを投げた。

「何を言った、職員会議で」

目を伏せた香織に代わって澄子が待っていたように応えた。

「保護者を呼びつけるなんて、そんな理由は何もないって。私もそう思うわ。だって、河合君の挨拶を止めようとしたのは校長先生だし、それに一時間目を自習にしたのも校長先生が仰ったことだわ。でも、何でも教師の言う通りの原稿を読み上げる河合隼人なら、生徒は彼を生徒会長に選んだでしょうか、っていう先生の言葉、素敵だったわ」

澄子は流暢になっている。これで大体の察しがついた。

保護者を呼ぶとなると、私の家の場合は母になる。前線の話をする時以外は家の中でも寡黙な父では無理だ。こういう場合、ただ寡黙であることが美徳だと思っている。いや、反論するだけの学がない。

母が饒舌な反論を得意とすることは全くないが、反論すべき材料があった時、多少の疑問を呈することくらいはやるだろう。

しかし、この時私は、母に言わなければならないことよりも職員会議での香織を想像していた。目の前にいる香織が痛ましかった。可哀相だと思った。

そう思えるほど、既に私は立ち直っていた。

「隼人、土曜日はごめんね」

香織が真直ぐに私を凝視《みつ》めた。私に平手を喰らわせたことを言っている。そう言えば、香織と言葉を交すのは、いや、接触するのはあの時以来だ。もう、何日も前のことのような気がする。

「あの時は私もびっくりしました」

澄子は、明るい声を出した。

「あの時は私、本当に村岡先生ととことんやり合って欲しかったの。でも、村岡先生も譲れなかったかもね」

香織が寂しそうに言う。

「あんな、力が強いとは思わなんだ」

「隼人にはいつも全力よ」

せっかく私が快活に応えたつもりなのに、香織は乗ってこない。また沈んだ声に戻っている。

この香織の言葉に、澄子が香織に代わってそれをするかのように私をきっと睨んだ。彼女にはどういう意図があるのだろう。

「先生、電気点けましょうね」

中辻が入ってきて、香織と澄子の間の少し後ろに垂れ下がっている電灯のソケットに手を掛け、カチッとスイッチをひねった。

左手の窓の向こうに見える体育館の屋根の色に、いつの間にか墨が混じり込んできている。もう、五時を回ろうとしている。

香織が白い封筒を手にした。

「これ、お母様に渡して」

この部屋に入って来た時、香織はこんなものを持っていたろうか。私は全く気づかなかった。右手でいきなり差し出したところをみると、そのまま自分の座った膝元辺りに置いていたのだろう。

私は、普段の二人だけの時のように私を凝視《みつ》める香織の目を、同じように強く受け止めながら、封筒には視線をやらずにそれを右手で受け取った。

その時、澄子がこのことを理解していると悟った。

今まで私にとって澄子は、どこまでも単に事務員であり、彼女に対して女とか大人とかいう概念を当てはめたことがなかった。香織とは仲が良いということは分かっていたが、私の内に何らかの位置を占める存在ではなかったのである。

この瞬間、一気に澄子そのものが大きくなったような気がした。

実はもう一人、香織と私の間に入り込んできた者がいた。

用務員室から出ると直ぐ右手にあるいつもの体育館へ通じる昇降口で長靴に履き替えていた時、不意にそばに立った者がいる。

榊原純子だった。

「お、ジュンか」

私は面食らった。

どこから現れたのか。どこにいたのか。

「先生に会えたの」

快活という言葉がこれほど似合う女生徒はそうはいないだろうと日頃思っているジュンが、いつになく殊勝な雰囲気で尋ねる。

「ああ」

私は、もう一方の長靴にズボンを押し込みながら、意識して無愛想に応えた。

また何かが胸の内を鋭く通り抜けた。

ジュンが香織に何かを連絡したのか。私が用務員室にいることを香織に伝えたのはジュンか。それとも香織の方からジュンに確認したのか。

私がよく用務員室にいることは、香織は当然知っている。しかし、今日は澄子と二人で母宛の封書まで持ってきた。

それに、現れ方が違う。二人は、いきなり何も言わずに和室へ上がってきた。私が和室にいることを知っていて、確たる目的を持って現れたのだ。

そうに違いない。ジュンが何らかの形で介在していたに違いない。

私は薄暮の墨が重なってほとんど何も見えない空を見上げながら、

「いつもの雪空と違う。また降り出すかもわからん。お前ももう帰れ」

と、一度ジュンに顔を向けた。

ジュンがこっくりと頷くのを見届け、私は、校庭のまだ誰も踏んでいない雪の残る所を選んで一歩ずつ積雪を確認するように歩き出した。膝の下近くまで積もっていた雪が長靴の内側に入り込んでくるのが分かったが、不思議とその冷たさを感じなかった。

私は、少年期にあり勝ちなこととしていつも頑なに自分を孤独だと決めつけ、孤独に酔うように年上の女《ひと》に焦がれてきた。

しかし、この時初めて恋愛の対象に対するのとは異なった、愛惜しさに似た感情をそのひとの同性に抱いたのである。

卒業式が済み、終業式の頃には湖東の山里の雪も消えるだろう。今年はこのままでいい、ずっと雪に覆われていたとしても、今までとは色彩の異なる雪の里を見い出すことだろう。

私は、急に視界が拡がる気分を感じながら、香織と澄子を置いてきた用務員室も、ジュンがまだ立っているであろう昇降口も振り返らず、雪の校庭に歩を進めた。

第五章
生身観音

1

里の春は遅い。

それでも四月に入ると、空気の冷たさが漸く緩む。陽当たりの良い桜に蕾《つぼみ》が見られるようになると、里の大気に微かに緑が混じり込んでくる。

新学期の始業式を三日後に控えた香織の日直の日、私はまた登校していた。

こうやって職員室の壁にもたれ、まだ高い午後の陽を浴びていると、余り好きではなかった春という季節も捨てたものではないとつくづく思う。

二人は、身体をくっつけるようにして並び、黙って顔をことさら空に向けて上げ、ほとんど目をつむって早春の陽を吸い込むかのように静かに呼吸していた。

様々な音が迫ってくる。

風が吹くでもなく、間近に野鳥が遊ぶでもなく、ただ午後の陽が全身を包んでいるだけだ。

これは、春の陽が落ちてくる音か。

じーんという耳鳴りに似た音が、耳の奥に入り込む。

私は、この瞬間の幸せを実感していた。しっとりと落ち着いた幸せを感じていた。

今までのときめきを失ったというのではない。香織はいつも自分の領域に居るという安心感に支えられていたと言った方が当たっている。

就任挨拶事件の後、卒業式の送辞を読むについても決してすんなりとはいかなかった。それらの揉め事を通じて香織との一体感のようなものが益々強くなった気がする。

こういう言葉のない時間が続いても、むしろ言葉などなくても香織のことは見ていれば解るというような自信が芽生えていて、それが充足感に繋がっていた。

さらに、澄子やジュンが用務員室へ顔を出す頻度が増えたことも、私の充足感の一部を担っていたかもしれない。

就任挨拶事件で保護者の呼び出しを受けた時、香織から母宛の封書を受け取った。

私は、事の概要を母に告げ、学校へ行ける日取りが決まったら教えてくれるように言ってから、一つ忘れていたという風を装いながらその封書を母に手渡したが、あの手紙に香織は何を書いたのか。

私は、いまだにその内容を知らない。

今となっては、もうどうでもいいことだ。

卒業式の前に一度だけ香織に問い質《ただ》したことがある。

「あなたはどうせ要点しか言わないでしょ。事の顛末をお知らせしたの」

「それだけか」

「あとは」

香織は口を閉ざしかけ、

「隼人のことを書いたわ」

と、顔を倒して笑顔だけをつくった。

それ以上のことは聞かなかった。聞いて、自分の満足する香織にとっての自分のことが書かれている訳がない。

その後、封書のことには触れていない。

結局、母は呼び出しに応じなかった。

代わりに、事件の翌々日、母は担任村岡宛の封書を私に託した。

そして、何も起きなかった。

母が村岡に何を書いたのか、これも分からない。これについては、私は母に問い質すこともしなかった。香織から母への手紙のこともあるので、下手なことは聞けないという気がしたのである。

香織に聞いても、これは分かることではなかった。

愚かなことに、これについて香織は、職員会議で村岡に対して質問をしたのである。

村岡に代わって教頭が職員会議で答えたことには、河合の母親は事の経緯《いきさつ》を把握している、その上で息子が不祥事という先生の言葉を伝えたが、どの部分が不祥事に当たるのか、合点がいかない、少なくとも自習時間が発生したことと挨拶の内容が不祥事に当たるとは思われない、息子が伝えていない不祥事が他にあるならば指摘して頂きたい、先生方に対する態度が悪いというならば、それは常日頃から改めて家庭でも注意をするが、それは学校においても指導されるべき事柄の一つであり、呼び出しの目的とは思われない、子供の非に対しては保護者としていつでもお詫びに伺い、幾重にもお詫び申し上げるが、この度は何をお詫びするのか、その主旨を明らかにして頂きたいという返書を寄こしたことを長々と語ったらしい。

このことは澄子が教えてくれた。澄子も、実に長々と話した。

しかし、なぜ村岡に代わって教頭が答えたのかについては、

「知らない」

と、素っ気なかった。

校長は、黙って聞いていたという。

そして、教頭から母へ出向くには及ばない旨の返事を郵送したことが付け加えて報告されたという。

それが澄子でなくても、人伝ての話である。どこまで正確な表現なのかは分かったものではない。それに、そういう郵便物を母が受け取っていたことも、澄子の話を聞いて初めて知ったことだった。

実際のところ、お互いにどういう文面のやり取りであったのか。母は、私に何も語っていない。

職員会議で明らかにされたこの情報を澄子から聞き出した時、私が最も気に掛かったのは、村岡が香織に対して、特定の生徒に必要以上に接するのは如何なものかという注意をしたという点である。

制御を知らない少年の暴走に加速がつき始めている。担任でなくても、小さな中学の教師がそれについて懸念するのは当然であったろう。

しかし、その時の私は、今後も頻繁に行われるであろう職員会議で香織が攻撃されないようにするにはどうすればいいか、そのことしか考えなかったのである。

ひと時の眠りから目覚めるかのように香織が顔を正面に戻し、目を開けた。

私も、それに合わせて顔を校庭に戻した。

学校年度が変わるこの時期は、クラブ活動も夏休みほどではない。普段は幾つもの運動部が混じり合って狭苦しく感じるこの校庭も、こうやってただ平たく午後の陽射しを受け止めているだけの様になると広々としている。

「もう直ぐ蓮華で一杯になるわね」

校庭の向こうに広がる畑に目をやりながら、香織が目覚めたことを告げる為だけにそうしたかのように口を開いた。

「もう一寸すると陽炎が立つ」

私も、目覚めていることを告げた。

「隼人はどうしていつも二十分喋るの」

唐突に香織が言った。

例の就任挨拶のことを言っている。いや、卒業式の送辞のことも含めて言っているのだ。蓮華や陽炎という言葉が、間近に迫った入学式と始業式に連想を導き、それがまた過ぎ去った就任挨拶や卒業式を思い起こさせたに違いない。

香織によれば、送辞は二十二分だったそうだ。

どうしてと聞かれても困る。

落ち着いて考えると、逆にそれ以上話すことが出来なかったから二十分前後になるのではないだろうか。それが、私の話す能力の限界だったとみるのが妥当ではないか。

卒業式の送辞については、村岡は前もって原稿の提出を求めなかった。私としては、手間が省けた。

その時私は、本来なら既に母が呼び出しを受けていたのだと、もう開き直っていた。当日の朝にはもう腹が決まっていた。

先輩方は仰げば尊し我が師の恩と唄われたが、師の恩とは恐らく後々になって初めて分かるものだろう、卒業するに当たってはむしろ後悔するところも多々あるのではないか、そうあってもらわねば困る、中学を修了したことで何かが成就したと思われては進歩というものがない、ここではまだ足掛かりを摑んだに過ぎない、ただ一つ、鳥居本中学校を出たということで誇っていいことがあるとすれば、それはこの位置取りの地で生活したことではないか、近江を制する者は天下を制す、信長も秀吉もこの地を要衝と考え、三成は佐和山から天下に号令しようとした、ここから出て初めてこの地を誇りに思うだろう、この地は天下を見ようとする者が必ず通る所なのだと、また滔々と喋り続けたのであった。

この時、来賓の中に誰か拍手をする者がいて、それにつられて来賓席全体から拍手が沸き、またそれにつられて在校生から拍手が起こった。

一体、卒業生に対して在校生を代表して読み上げる、あるいは語り掛ける送辞というものに拍手をするものだろうか。私にはよく判らなかったが、在校生が拍手をしたのはただ来賓の拍手につられただけのことだろう。それは、さほど力がなく、いかにも儀礼的な手の打ち方に表れていた。

その日は村岡からの呼び出しはなかった。村岡の方から教室へやってきた。

私の席は校庭側の最後尾だが、村岡は私の斜め前の席の椅子を後ろ向きに回して座り、私に向き合った。この時、教室にはまだ四、五名の生徒が残っていたが、村岡が私に向き合って話し始めた時には誰もいなくなっていた。

村岡は私に注意をした。

送辞にも答辞にも、それに相応しい形というものがある、挨拶というものはすべからくそうである、今日の送辞の内容が全く駄目なものだとは言わないが、そういう形からは逸脱していると言うのである。

今にして思えば、村岡はそういう形式というものも身に付けていかなければならないということを私に理解させたかったのだろう。教師として的を射た指導だと言わざるを得ない。

しかし、その時の私は内心で、ふざけるな、と反論していた。卒業していく者にとって親切になることを言ってあげるのが、送り出す者の真の誠意というものではないかと、明確な反論の台詞を抱えていたのである。そういう昂ぶった気分を持っていたのである。

だが、これを口にして村岡に発することはしなかった。

また保護者を呼び出す、呼び出さないとか、母が手紙を書かなければならないというような事態は避けたかった。

自分だけが職員室で吊し上げられようが、校長室で責められようが、それは我慢出来る。母が学校へ出てきて村岡や校長に、あるいは教頭に私のことで頭を下げて回るなどということは許せるものではない。それは、断じて避けなければならない。

この種の気分は、子供の母親に対する愛情とか思いやりといった類のものではない。親が私のことで頭を下げて詫びる図というものは、私にとっては屈辱以外の何ものでもない。

村岡は去り際に、私の愛読書は何かと訊いた。

愛読書というものは、常に携帯するまではいかないにしても、常時傍《かたわ》らに置いておき、事ある毎に読み返して安心したり、喜んだりするものではないのか。一度読んでしまった本にいつまでも執着する神経が解らない。

しかし、これも端的に応じた方が無難だと判断した。

私は、吉川英治の「宮本武蔵」と丹羽文雄の「日日の背信」だと答えた。

ここで敢えて「日日の背信」を挙げたのは、かつてこの単行本を持っているところを村岡に見られそうになったことがあったからだ。

村岡は、もっと中学生らしい本を読め、と言った。この言い方が命令形であったことと、中学生らしい本の例として下村湖人の「次郎物語」を挙げたことで、私は思わず村岡を睨みつけてしまったが、ここが最後の踏ん張りどころだった。

私としてはよく耐えたのである。

就任挨拶で衝突した時のことを思えば、送辞についての村岡からの注意は、ただ耐えさえすれば済んだというだけで、無事に済んだと言うべきかもしれない。

それにしても、香織はよく時間を測っていたものだ。

「長いか」

私は、顔を校庭に向けたまま返した。

「半分がいいとこね」

若干不愉快な応えが返ってきた。

「中学生が人の話を集中して聴けるのは十分くらいよ」

私が黙っているのを慮ったのであろう、香織は、

「大人になるにつれてもっと長くなるものよ」

と、続けた。

「自分の言っていることを理解してくれる人が一人でも多い方がいいでしょ。その為の工夫が要るようになるわ、これからもっと、ね」

「皆に理解して欲しいとも思わん」

「私は勿体ないと思うわ。あれだけのことを人前で話せる中学生って、そんなにはいないものよ」

香織は、こういう言い方が上手い。私を出来るだけ傷つけないような言い方を付け加えながら、私の考えなりを矯正しようとしているふしがある。

私が校長や村岡に対して黙秘するという手段を採ることについても、

「賛成出来ないわ」

と断じた後で、

「少しは作戦を覚えてきた証拠かな」

と笑ってみせたりする。

もっとも黙秘については、私自身はまだ有効な手段だと思っている。この手段を放棄したら、それこそ揉め事が揉め事で終わらず、もっと大事になる可能性が高い。

その時、校庭の東の端に小さく動く物が視界に入った。

犬だ。

私は咄嗟に右の親指と人差し指で下唇をつまみ、小さく息を吐いた後、思い切り空気を吸い込んだ。

ピューと鋭い音が校庭を走った。私独特の口笛である。

犬と思われる物の動きが止まった。

もう一度、さらに強く口笛を発した。

犬は、呼応したようにこちらに向かって動き出した。

「やめてよ、野良犬じゃないの」

香織が、少し怯えた口調で半腰になろうとしている。

「じっとして」

私は、犬の方に目をやったまま香織を制した。香織は、また両手で膝頭を抱くような元の体勢に戻った。
二、三度立ち止まりながら真直ぐこちらに向かってきた犬の動きが、五、六十メートル先まで来たところで止まった。
秋田犬だ。いや、秋田に何かが交じっているように見える。いずれにしても、野良犬とは思われない。

犬は、そこからこちらを見ながら横へ向きを変えた。二人との距離を保ちながら、二人を観察しつつ体育館の方へゆっくり歩いていく。

私は、今度はピー、ピーと大人し目の指笛を送った。

犬がぴたっと動きを止め、また方向をこちらに変えて近づいてきた。
二、三十メートル辺りまで来た時、香織が、
「驚いたわ。指笛で何を伝えたの」

と初めて私の方に顔を向けて言った。同時に、犬がまた止まった。

私が、仕様がないな、という表情を香織に向けても香織は不審そうな表情をしているだけだ。

私は犬に向かって呼び掛けた。

「どうした、お前、どこから来た」

香織がまたびっくりして私の横顔を見ているのを感じたが、私は無視して続けた。

「一人か、何してる」

「こっち来いよ」

「お前、秋田か。本当の秋田か」

じっとこちらを注視している犬に向かって、少し声を落とす。

「ま、秋田でないといかんということやないけど。親のことをお前に聞いても無理か」

犬がまた動きを再開して、一気に十メートルほど前まで来て、そこで立ち止まって私の顔を見詰めている。口を閉じ、精悍な目つきで何かを察知しようとしている。

私は、もう普通の口調で、例えばハンドボール部の寺本と庭球部の女子の練習を眺めながら雑談するような調子で犬に話を続けた。

こういう時、私は実に饒舌に色々な話をする。

「どう思う、お前は」

などと犬に問い掛けもする。

そして、犬が私の話を聴く態勢に入ったと判断したら、身振り手振りを入れ始める。

俺は、と言う時は自分の胸を指差し、お前は、と言う時は犬を指しながら言い、質問する時は首を傾《かし》げる。これが、幼い頃からどんな獰猛《どうもう》と言われる犬とも一人で一緒に遊んでくる間に身に付けた私の犬との会話の仕方であった。

「驚いたわ」

香織がまだ身を固くしたまま私と犬との会話に口を挟んだ。そして、まだそのままの体勢で、

「もう動いてもいいの」

と尋ねた。

「もう大丈夫」

と私が言うと、初めて身体を緩めた。

「この人、どう思う、俺の先生や」

隣の香織を左手で指差しながら犬に言うと、犬は視線を香織に移した。

「え、何、私のこと」

香織は驚いて、また身体を閉じてしまった。

その時、昇降口の下駄箱の前から、

「先生」

と大きく呼ぶ声がある。

その声に反応して犬が、さっと斜め後ろへ身を翻し、いつでも元の校庭の端へ走り去れる体勢を採り、半身で声の主を確認している。

「は～い」

香織が立ち上がりながら返事を返した先に、中辻の姿があった。

「隼人、おやつの時間よ」

私が立ち上がると、犬が私に顔を向け直した。

「また来いよ」

と言って、軽く右手で進駐軍のような敬礼を送った。

校庭に面したドアから職員室へ入って窓からもう一度校庭を見ると、犬がまだこちらを見詰めている。

そのまま職員室を出て用務員室へ向かう途中、香織が一寸した興奮の余韻を残して言った。

「驚いた。隼人は犬にはよくお話しするんだ」

「犬は人間を裏切らん」

「犬の先祖は狼よ」

「狼も仲間を裏切らん」

香織が、一瞬私に顔を向けた。また顔を戻して、黒いカーディガンの肩を窄めるようにして腕を組んで歩きながら、

「犬も隼人のお話は聴くんだ」

と、ひとり言のように言っている。

いつもの和室で小さく切られた羊羹《ようかん》を口にしながら、合間合間に香織が中辻に今あった校庭での犬と私の束の間の語らいを、少し興奮気味に報告している。

今日はテーブルはなく、丸い盆の上に急須と湯呑み茶碗、三切れずつ羊羹を乗せた小さな皿があるだけで、その皿ごと手に取って羊羹を食べている香織は、脚を横に流して座っている。膝頭

が露になり、白い脚が身体全体を支えているようなその座り方は、私にとって好ましい曲線を描いている。

いつかこの脚に触れてみたい。

この時私は、真剣にそれを思った。

「そう言えば、河合君は戌《いぬ》年やろか」

中辻が、炊事場から声を掛けた。

「ああ、そやから正直もんや」

「そうか、そうなんだ」

香織がまた弾んだ声を出し、中辻は声を挙げて笑っている。そして、

「いよいよ三年生やね。高校受験やね」

と、中辻が何やら説教を始めそうな口調で言う。

「そう。もう三年生よ、隼人は。でも、受験は心配ないわ」

香織は中辻に応じているのか、私に言っているのか。

下半分が擦りガラスになっている体育館側の窓が、陽気に合わせて風を通すだけという風にほんの少し開けてある。その部分から、体育館の入口右手に三、四本並んで見える桜が既に蕾を孕《はら》んでいるのが判る。

体育館の入口は北側に当たり、決して陽当たりの良い場所ではない。それでも蕾《つぼ》んでいるところをみると、やはり四月八日の入学式の日は桜が新しい学年の始まりを告げることになるだろう。

この中学校はまださほどの歴史を刻んでいないので、桜については余り感心しない。それでも校庭や校舎を取り囲む樹木の主役は桜であり、ほんの数日という一瞬を白く輝いて己の季節であることを告げる。

この和室からでも立ち上がれば目にすることが出来る、校庭の端から畑を隔てて五百メートルほど南に在る小学校の桜は、それは見事なものだ。

遠くから見ると、校舎全体が、いや学校そのものが桜の中に埋もれる。例年入学式の日にこの中学校から眺めると、小学校は白と薄紅と緑の中に在る。

どの地方でもそうであろうが、山里や農村から成る共同体とも言うべき一帯では、学校は人々を吸引する存在である。単に子供が勉学する為に通うだけの存在ではない。夏祭り、映画会といった娯楽には学校の校庭や体育館が必要であり、何年に一度という選挙もそうだ。時には、青年団の対抗野球大会や消防団の訓練も行われる。

この鳥居本では、その役割はこの中学校ではなく小学校が負っている。中学校を全く使わないという訳ではないが、中心は依然として小学校なのだ。

それは、一つには桜のせいではないか。この地の人々にとって、学校には桜が満ちていなければならない。

四月八日は、入学式の日であり、花祭りの日でもある。この日、桜は咲いている。それが満開ではなくたとえ七分咲きであれ、この地では必ず咲いている。

それが、佐和山を仰ぐ鳥居本の春なのだ。

今年は少し遅めだと思われるが、それでも八日には小学校の桜は七分くらいの出来にはなっているだろう。この中学校の桜はともかく、小学校の桜が七分から八分になれば、原村や小野村の山桜も悪くても五分ほどには成っているはずだ。

私が、少し放たれた窓の先の蕾に目をやっているのにつられて香織も顔を右に回した。

「隼人。一番になろうよ。三年生になったら一番になろうよ」

真剣な眼差しを桜の蕾にやりながら、香織は思い詰めたような声だけを私の胸に置いた。

2

新しい学年が始まっても、村岡との関係は益々悪化していった。

もはや教師と生徒という、互いの関係の大前提さえ危うく感じられ、私は彼を相容れない存在として今まで以上に反撥したのである。ただ、表面上の揉め事は今まで以上のことは起きなかったが、それは双方が意識して避けたからに過ぎず、二人の関係は冷たく定まってしまっていたのである。

三年生になってクラスが二つになったが、間の悪いことに私は村岡のクラスになった。もう一つのクラスは、社会科の西浦が受け持った。村岡と同年代だったが、私は西浦のことは割と気に入っていた。

一つには、彼が野球の経験者だったことが強く影響している。

いつのことだったか、職員室の直ぐ前辺りでキャッチボールをしていた時、職員室から校庭に降りる僅か三、四段の階段に座ってそれを見ていた西浦が私のフォームに注文をつけた。投げる前にボールを後ろに引いた時、ボールの位置が肩より下がっては駄目だと言う。そして、教室履きのまま傍らへ来て私のグラブを取ると自ら投げて見せたのである。時折投げるフォームを止め、ここで手が下がってはいけないと具体的に手本を示した。

その球筋が見事だった。野球をやっていたことは一目瞭然だった。一定期間本格的に野球をやっていたかどうかは、スナップの使い方で判るものなのである。私は、いつか彼を野球部の顧問にしようと決めていた。

結果的には、仮に私が西浦のクラスになっていたとしても、香織とのことが別の展開をしたとは考えられない。しかし、その時点では、私は身の不運を感じていたのである。

三年生になって急に二クラスになったのは、一人の転校生が入ってきて三年生が五十四名になったからである。そのように聞かされていた。五十三名とか五十四名という人数は微妙な分かれ目の人数だったのである。

私の一年下の学年、つまり新二年生から文部省の指導要領も変わった。高校受験時の科目数も違ってくる。新二年生は、後年団塊の世代と呼ばれる走りであり、彼らに対してから戦後の新しい仕組みというものが漸く定着したと言われる。辛うじて戦後生まれの私たちは、進駐軍が持ち込んだ様々な新しい仕組みが戦後と呼ばれる社会を構成していく過程の、言ってみれば過渡期の殿《しんがり》に当たる世代であり、学年であった。

三年生になって最初の問題のきっかけを作ったのは、また校長権藤の方針だった。

この、よほどアメリカが好きな、進駐軍が教えた民主主義を絶対神のように信仰する知識人を自負する新制中学の校長は、同時に科学というものの絶対的な崇拝者でもあった。すべては科学的であらねばならなかった。

運動というものが人間の大脳に悪影響を与えるという、例の朝礼での訓示もその端的な表れである。

その後も私はクラブ活動を続けているが、自覚する限りではまだ大脳に悪影響は出ていない。

始業日四月八日朝最初の短い臨時ホームルームで配付された三年B組、私のクラスの時間割を見て驚いた。

数学と理科、国語、そして英語はすべて午前中に編成されていたのである。音楽と保健体育、美術はすべて最後の時間に組み込まれている。

同じクラスになった寺本がA組の時間割を聞いてきたところでは、A組も全く同じだと言う。

その理由は、入学式に引き続き体育館で行われた始業式での権藤の訓示で明らかになった。

また、大脳生理学だった。

何でも朝と六時限目のような遅い時間では、大脳の働きが違うそうだ。要するに、朝は大脳が活発に働いており、そういう時に主要な科目を学習することは大脳生理学の見地からしても効果的で、学習成果を挙げる上で合理的なことだと言う。

権藤は、現代民主日本においては学習も科学的に行わなければならない、我が校もそれを実践してこの新しい年度から科学的な時間割編成を行うという主旨の話をした。

校長や村岡の言うことに対しては反抗するというスタンスをあらかじめ持ってしまっている私は、当然この話を素直には聞かない。

かと言って、こちらには大脳生理学などという難しい学問の知識がないので、彼の言葉尻でも捉えて反論するということが出来ない。しかし、これは嘘だと、私の直感が叫んでいる。

権藤が運動は大脳に悪いと言った時の揉め事の際、香織は京大の研究室にいる兄に確かめるまでもなく、それには根拠がないと言っていた。今度もきっとそうだ。念の為確かめても、きっとそうに違いない。

朝の空気は確かに気持ちが良い。

しかし、自分の一日を考えてみても、調子の良い日は午後だって調子は良い。むしろ、スポーツの大事な試合の日は、例えば野球ならプレーボールが掛かる時刻から逆算して最低でも五時間前には起床するのが鉄則だ。筋肉が完全に目を覚まし全開するのは目覚めてから五時間後なのだ。そういうことはよく知っている。

果たして、大脳だけは目覚めて直ぐ全開し、時間の経過と共に働きが悪くなるのか。

仮にそうだとしよう。

では、数学と理科と英語、国語だけは、大脳がそういう状態でないと頭に入らないと言うのか。

権藤は、主要科目という言い方をした。

主要科目と主要でない科目があるというのはどういうことか。権藤のことだから、主要科目以外は、主要ではないと言うよりどうでもいい科目だと考えているのではないか。

音楽や保健体育、美術は立つ瀬がないではないか。高校受験の試験科目はこれらも含めて九科目である。

もちろん、配点は異なる。権藤が言う主要科目が百点であるのに対して、これらの科目は五十点である。しかし、そのことは既に授業時間数の差という形で反映されている。

英語や数学が週に五時間であるのに対して音楽は二時間しかなく、保健体育に至っては一時間しかないではないか。五分の一の授業時間で半分の点数を取る必要があるのだ。

元々そういうハンディを背負わせておくならば、そして午前中は大脳の働きが良くて勉強に有利だと言うならば、保健体育や音楽を午前中に編成するのが理屈というものではないか。

ふざけたことをするものではない。

第一、不公平ではないか。不公平は民主主義に反する。

どうするか。

こちらから校長室へ乗り込むか。

そうだ、たまにはこちらから行ってやろうじゃないか。こういう理不尽は正さなければならない。

始業式から渡り廊下を通って教室へ戻る時、学年毎に、あるいはクラス毎に整然と戻るなどということは当然あり得ない。それぞれ親しい者同士やたまたま式で近くの席にいた者同士が、塊を作って雑談を交しながら渡り廊下をそれぞれの教室へ向かう。

渡り廊下は私がいつも使っている昇降口の所で広くなり、そこから三、四段のコンクリート階段を経て校舎の廊下へ入る。

廊下への入口が狭いので、昇降口で人が溜る。

気がつくと、斜め前にジュンがいた。

人の流れがまた動き出すのを待っていたジュンが私に気づいた。

「変な時間割ね」

ジュンは、少し寂しそうに私に話し掛けた。

「黙っている訳にはいかん」

ジュンが表情を引き締めた。

「隼人君、また何か」

「生徒を代表して生徒会長が異議を唱えるだけや」

「え、職員室へ行くの」

「直接校長室へ行く」

「だめ、やめて、だめよ、それは」

「お前はあの校長の大脳生理学を信じるのか」

「そうじゃないけど、校長室へ行くのは良くないわ」

私は、一瞬ジュンの顔を見詰めた。ジュンは目を逸らさない。

「どうして」

ジュンは、私の視線を受け止めたまま少し身体を寄せて答えた。

「また香織先生が責められるわ」

ジュンは香織のことを木津先生とは呼ばず、香織先生と言う。

私は窮した。

本来、私が時間割編成のことで校長に抗議したとしても、香織が責められる筋合いはない。しかし、現実にはジュンが言う通り、職員会議などの場で香織が校長や村岡から攻撃されることは容易に予測出来た。

こういうことに対して普通なら私は、筋が違うなどと言って余計に反撥するはずだった。理屈に合わない、筋道が違うと感じることに対しては特に私は引き下がらない。

それにもかかわらず、香織が責められると言われただけで、それは断固避けなければならないと思ってしまったのである。

香織が責められると考えただけで、理屈も筋も吹っ飛んでしまうところは、私の偏屈も大したものではない。

実際、どうしたものか。

教室へ戻ってからも、暫くそのことを考えていた。

この日、昭和三十六年の四月八日という入学式と始業式が行われた日は土曜日だった。式とホームルーム、と言ってもほとんど担任の訓示めいた話だが、それのみで授業はない。

授業は、四月十日の月曜日から始まった。

私は、この三年生になって最初の授業をボイコットした。

昼休みに早速数学担当の赤堀から呼び出しがあった。二時限目からは出ていたのだから、赤堀が気づいたとしても何の不思議もない。

それにしても、赤堀からの呼び出しというのは初めてではなかったろうか。いや、二年生の初めの頃だったろうか、試験問題の欄外に一寸ふざけて「数学とは現実にはあり得ないことを解明する学問である」というようなことを書いて教室に居残りを命じられて絞られたことがあった。あの時は確か横田と寺本と申し合わせて、誰が一番気の利いたことを書くかを競ったはずで、三人で居残りとなった。

赤堀の怒り具合で、誰の解答が一番強烈だったかを競ったと思う。三十代半ばの赤堀は、とにかく猛烈に怒った。三人共等しく頭を引っ叩かれたものだった。

結局誰の勝ちか、判定がつかなかったのである。因みに、横田は「数学とは形式である」と書いたのだが、これとても秀逸とは言い難い。負けた者が鳥居本地区で唯一《ただ》一軒の医院であった西山医院へ行って、一時間でいいからテレビを見せてもらう交渉に行くことになっていたので、実に馬鹿らしい結末ではあった。

ここのところ、ほとんど村岡からばかり呼び出しを受けているので、赤堀との一件は懐かしく思い出される。

もちろん、この呼び出しについては難儀なことは何もなく、登校途中で急に体調が悪くなったという、よくある申し開きだけで済んだ。赤堀が信じたかどうかは、この際問題ではない。それ以上とやかく言うことが出来ない申し開きというものがあればいいのだ。

火曜日の一時限目の英語もボイコットした。

英語の教師のことを入道と言う。

えらく威勢がいい。授業でも顔を真っ赤にして喚く。そして、頭は見事に禿げている。今にも頭から湯気が立ちそうなところから入道と呼ぶのだそうだ。これは、代々受け継がれてきた入道の由来である。

入道は私を呼び出さなかった。

私は何となく、入道らしいという気がしたのである。

その日の六時限目が、香織の音楽だった。私の最も好きな、同時に最も緊張する時間だった。

三年生になって初めてのこの音楽の授業で香織は、春休みの課題を生徒一人一人の名前を呼びながら返却した。

課題の用紙はB四と言われる大き目の用紙で、一人ずつ手渡す時、右手だけでそれを器用に二つに折りながら渡していく。採点を内側にして他からは見えなくする為で、教師の当然のマナーと言うべきである。

「河合君」

と呼ぶ香織の調子は、味気ないくらいに他の生徒を呼ぶそれと変わらない。

私は、何となく香織の目を見ることをせず、その手許だけに目をやりながら課題用紙を右手で受け取った。

何か感触が違う。

手にした折り目の部分に厚みがある。

席に戻ってそっと用紙を開けてみると、便箋ほどの大きさの紙が二つ折りになって挟まれていた。

私は、採点を確かめるように膝の上でその紙を開いてみた。

「放課後、ピアノを弾いているので来て下さい」と、香織の例の伸びやかな文字が目に飛び込んできた。

何という大胆なことをするのだろうか。

香織に目をやると、香織は平然とまだ一人ずつ課題用紙を返却している。

放課後、渡り廊下の辺りでショパンが聞こえてくるのを確認して体育館へ入っていった。

体育館には誰もいない。

体育館を最もよく使う運動部は卓球部だが、彼らは余り熱心ではない。これだからいつまで経っても一回戦で負けるのだと、私は常日頃から腹を立てていた。

彼らがいようといまいと今さらどうということはないが、今日はいない方が有難いという気がした。あのようなメモの渡され方をしたせいだろう。

私の姿を認めても香織はピアノを弾き続けていたが、ピアノのそばまで近づくとやめた。

私の足が完全に止まるのが待ち切れないかのように、香織から口を開いた。

「御免ね。急に」

急は構わないが、私はなぜああいう渡し方をしたのかを聞こうとして、口をつぐんだ。

香織の表情が、いつになく固い。

「何かあった」

私は、私としては精一杯明るく尋ねた。

香織は一度目を伏せてから、また顔を上げて固い表情のまま言った。

「今日もわざと、でしょ」

一時限目のことを言っているようだ。

「何、入道に頼まれたか」

「冗談はやめて」

香織は気色ばんでいる。

「時間割が気に入らないのね。でも、それでさぼってどうなるの」

「一時間目は全部さぼっても、一時間目の科目は全部一番をとってやる。それで文句ないやろ」

香織は、やっぱりと思ったのだろうか。私を凝視《みつ》めたまま黙っている。

「校長の大脳生理学と勝負や」

香織は、今度は目を伏せたまま、まだ黙っている。

自分は香織を、そんなに困らせているだろうか。

「音楽があああいう扱いを受けて、悔しくないんか」

「朝早い時間に授業しただけで成績が上がったら、簡単な話や」

「先生全員がそれで納得してるのか」

私は香織の沈黙に耐えられなかったのだろう、珍しくまくし立てていた。

香織が顔を上げ、私を凝視《みつ》めたかと思うと、くるっとピアノ椅子を回して窓に目をやった。

体育館の窓は、ボールが当たることを想定して内側に鉄の横棒が十センチほどの間隔で張られている。これが目障りになり、外からも中からも様子は見辛い。それでも、盛りを少し過ぎたと思われる校庭の桜が白く輝いているのが目に入り、今が新学期であることを精一杯告げているのが中からでもよく分かる。

一瞬私の顔を通り過ぎた香織の視線が濡れていたような気がした。

私は香織の背を見詰めながら、少し狼狽していた。

「校長先生に抗議に行こうとしたんだって」

背を向けたまま香織が言った。確かめているという風でもない。

「ジュンちゃんに聞いたわ」

予想していたこととはいえ、やはりジュンはお節介やきだ。

「どうしてやめたの」

香織が半身に振り返って聞いた。この問の方が堪《こた》える。

「抗議して話が分かる校長やない」

香織はまた身体を窓の外に向け、

「そう」

とだけ言った。

ピアノに両肘を掛けていた私は、間がもたなくなってピアノから少し離れて演台に腰掛けて脚を垂らした。

香織が、今度は右側に半身になって私に顔を向けて、

「今日はどうするの、これから」

と尋ねた。

「ハンドボールの練習やる」

と、私は校庭の遠くを見やった。寺本たちが先に練習を始めているはずだ。

「ねえ、この曲知ってる」

突然香織がピアノに向き直った。

そして、鍵盤に目を注いで弾き始めた。

何やら哀調を帯びた曲だ。当然、授業に関係するクラシックではない。しかし、どこかで聞いたことがある気がする。

私は、薄紫の薄いセーターに、やはり薄地の黒いカーディガンの香織を見ながら、いつ、どこで聞いたのだろうと思い出そうとしていたが、こんな時にも香織の胸の曲線が思考を乱した。

やや斜め上から見ることになったが、やはりその曲線は柔らかくもあり、近寄り難い鋭角的な雰囲気も持っていた。

弾き終えて香織が、

「禁じられた遊び。フランス映画の主題曲よ」

と、一方的に答えを言ってしまった。

「本当はナルシソ・イエペスのギターで聴くのが一番だけど。私はピアノで弾くのも好きよ。何だか切なくて。この季節には相応しくないわ」

そうだ、ラジオの「軽音楽ベストテン」で何度か聴いたことがある。ピアノだから分からなかったのかもしれない。しかし、「禁じられた遊び」がどのような映画なのかは知らなかった。ただ、禁じられた遊びという言葉そのものが何やら秘め事めいていて、少し心が躍った。

香織が言うように、確かにこの季節に相応しいとは感じられない。この季節には合わないが、香織には相応しいと思った。しかし、それを口にすることはしなかった。

突然、ぐわ〜んとピアノが音楽とは異質の轟音のような和音を響かせた。

香織が、両肘を鍵盤の上に身体ごと倒すように置いたのだ。

そのままの姿勢で香織が、私の方ではなく、二人以外には誰もいない体育館の空《くう》に視線を据えて私に言った。

「隼人、一番になりたい。全部、全部、一番になりたい」

確かにそれは私に言ったのだ。そして、これを香織の口から聞くのは、二度目だった。

3

原村から中仙道を辿り小野村を経て鳥居本に入ると直ぐ、自転車の修理屋の前に私の胸元辺りほどの高さの古びた石柱がある。小学校へ通っている頃からそれは、正面から見ると少し右に倒れており、その角度のまま今も傾いている。

この石柱の所から左に入る、中仙道よりやや細めの道があり、これが佐和山の麓へ続いている。下校時にはこの石柱は右手になるのだが、四角柱の稜を正面に見せ、右の面には確かに佐和山口と骨太の文字が彫られているのをいつも目にしていた。左の面、つまり原村の方角の面には京都と彫られている。

日頃から佐和山口はまさにその通りとして、京都とはいかにも仰々しいという気がしていた。この場合、佐和山と京都を対比させていいものだろうかと、多少の面映さにも似た気分になってしまうのである。

石柱のある角から佐和山の麓までは、私の足で十五分もあれば行き着けた。

この道を佐和山道《さわやまみち》と言う。

佐和山道は国道八号線にぶつかり、そこで途絶えたように見えるが、八号線を横切り太い畦道に姿を変えて登り勾配となって佐和山の真下へ吸い込まれていく。

朝から、湖東には珍しい青い空が広がっていた。既に艶《なまめ》かしい風がそよいでいる。

佐和山道の両側には、角からこの道へ入ると直ぐ一面に田畑だけが拡がる。そして、文字通り絨毯のように、それは黄色一色のうねりとなって佐和山へ競り上がらんばかりの精気を発している。

蓮華の時期こそ、里一番の季節と言うべきだろう。

朝の一時限目をボイコットするようになってから、私は時々いつもより早目に家を出て、この佐和山道を通って佐和山へ登った。

佐和山口とか佐和山道という標識や道路があったとしても、細くても佐和山への登山道があるかと言えば、そのようなものは全くない。そもそも鳥居本近在の人々は、佐和山という山を登る山だとは考えていない。

では、眺める山かと言えばそうでもない。ただそこに存在していることそのことが好ましい山とでも表現するのが、人々の心情に一番近いと言えるだろう。

山裾ぎりぎりまで迫っている水田や畑が尽きる所に、幅の広い用水路が横たわっている。この用水路は、凡そ百メートルばかりの間だけ幅が広く、その幅は五、六メートルほどあろうか。その先や逆に八号線の近くまで戻ると、その幅は普通の用水路と変わらず一メートルそこそこしかなく、従って佐和山へ入ろうとするこの部分では水が流れているのが判らない。細長い溜池のように、澱んだ水が溜っている。

かつて小学校の図書室に佐和山の古地図があったのだが、それを根拠に私は勝手にこの細長い溜池のような用水路を佐和山城の堀の跡だと決めつけていた。

堀の跡から先には水田も畑もなく、全体に登り勾配になっているその辺りはただ青々とした雑草が足元を埋め、直ぐ前にも真横にも低い灌木類に覆われた佐和山そのものが、ここへ迷い込んだ者を包囲するかのように立ちはだかる。

ここは、佐和山城天守真下の谷なのだ。

佐和山城落城の際、城に残った女たちがここへ身を投げて城と運命を共にした場所で、郷土史誌の中では姫ヶ谷《ひめがだに》とも呼ばれている。

私は、今日もこの谷をよじ登った。

谷底から一直線に天守跡まで登るのは、さすがに一気にという訳にはいかない。灌木の幹に掴まり、杉のある場所では杉の幹に背を預けて一息つく。下を振り返ると、まるで垂直の山壁にへばりついているような錯覚に陥る。

今日は、汗ばむ。

天守跡まで登り切った私は、学生服を脱いで、野球用のアンダーシャツ一枚になった。

天守跡は今日も、心地良いというには少し強過ぎる風に曝《さら》されている。もちろん、伊吹が吹きつけてくる風だ。

この季節の伊吹は、少し青味がかっている。その分、神々しさは少し和らいでいるが、この湖国近江を司る神の山としての威厳を失うことはない。

一面黄色く、所々に赤味がかった紫の支配する下界の美しさも賞賛に値するが、佐和山城址にいる時だけは常に伊吹に対する畏敬の念に支配され、己の矮小さをむしろ心地良くすら感じるのだった。

毎日、小さな中学校の中で俺は何をやっているのか。村岡がどうあれ、権藤が何を言おうがいいではないか。

俺は、香織だけを守っていればいいのだ。香織だけは下界の俗物ではない。

いずれ俺は、この里を出ていく。この近江という、伊吹に守られた草深い故郷《くに》を出ていくことになる。

伊吹が育んだこの土地に不満がある訳ではない。次男坊とは、出ていくものだ。

次男坊ならずとも、男児たる者、いつまでも田舎にいてどうするか。町へ出て、いずれは東京へ出て、最後は俺の場合はニューヨークだろうか。そうやって順番に征服していくものだ。

しかし、どこまで行っても、香織だけは守っていかねばならない。

ただただ上昇することしか考えていなかった、湖東という田舎の少年の稚拙な昂りを、伊吹はいつも寛容に受け容れてくれたのである。

この日、また谷へ降りて、佐和山道を取って返し、学校へ着いた時には既に二時限目が始まっていた。

中学生の身で時計などは持っていないので、正確な時間が判らないのである。

校庭に入った時から、どこか雰囲気が違うと感じていた。

一時限目をボイコットするようになってから、早く来過ぎてまだ一時限目の授業が終わっていなかった日が結構あった。そういう日も校庭は静かなものだ。

しかし、今日の静かな校庭は、何かが違う。静けさが熟しているとでも表現すればいいのだろうか。どこかにいつもとは異なった空気が漂っている。

いつもまず用務員室へ行く。

用務員室には、事務員の澄子が待ち構えていた。

「河合君、もう二時間目が始まってるわよ」

「午前中でないと頭に入らん数学か」

澄子が深刻な表情をした分、私はわざと落ち着いてみせた。内心では、しまった、という思いがあったのだが、こういう時に強がるのもまた私の常だった。

「木津先生はね、今は職員室」

澄子は、そもそも香織が今どこにいるかを、一時限目が終わる頃に登校してくる私に知らせる為に毎日その時刻に用務員室へ来てくれるのである。私の方から依頼した訳ではなかったが、自然と毎日の習慣になった。

今日ばかりは和室へ上がり込んでいる時間もない。

私は、和室にいる澄子に向かって炊事場から香織への伝言を頼んだ。

「今日、先手打つから、担任に。先生にそう言っといて」

私が先生と言う場合は、それは香織のことを指す。

「また喧嘩するの、先生に言っとく」

私は、澄子のどこか弾んだ風にも聞こえる言葉を背中で聞いて、直ぐ用務員室を飛び出した。喧嘩をするのではない、彼女はまた適切さを欠いた言い方を香織にするのではないか。一抹の不安はあったが、結果として大した違いでもないことになる可能性も高い。澄子は澄子で、自分で得心して自分と香織との間に自分の居場所を持っていることだから、細かい注文をつけるのも可哀相だなどと考えながら、教室へ急いだ。

数学の時間は、意外にも何事もなく終わった。

そう言えば、一時限目を日課としてさぼるようになってから、村岡から呼び出しを受けていない。村岡も赤堀も、そして他の教師も、面倒になってきたのかもしれない。

冷静に考えてみれば、さぼるのは一時限目と決めているのは自分の中だけのことであって、教師は私がそう決めていることを知っている訳ではない。多少幅を持って私が朝の授業には来ないと思っていて、二時限目からは違うというのは私だけの勝手な決め事であって、彼らの方にも一時限目と二時限目との間に私自身が引いているような明確な線があると思っていた方が可笑しい。

先週、三年生になって最初の実力テストが行われたが、この試験前にも私はハンドボール部と野球部のクラブ活動を決行した。その時も、村岡は職員室の窓から確かにそれを見ていたはずだが、私を呼び出すことをしなかった。

その際、私は多少の薄気味悪さを感じたものだが、今日は違う。佐和山で伊吹と対峙した時の上気した気分がまだ残っていて、勢いがある。

四時限目の日本史の授業が終わるや否や、私は担当の西浦がまだ教壇の脇で二、三名の女生徒の質問に応えているのを横目に教室の後ろの扉から廊下へ走り出た。

その瞬間、後ろ扉の外で待っていたのだろう、澄子と思わずぶつかりそうになった。

澄子も、咄嗟に後ずさりしながら、それでもすばやく私に告げた。

「先生からの伝言。昼休み、生徒会室」

私は、こちらから職員室へ行って、村岡に通告するつもりだった。

来週の水曜日から始まる中間試験に備えて明後日からまたクラブ活動が禁止されるが、自分は今まで通りクラブ活動を行う。そして、一時限目の授業に出るつもりはない。ただし、一時限目に編成されている数学、理科、英語、国語について次の試験からすべて学年第一位の点数を取るので、文句は言わないで欲しい。私の通告しようとしていたのは、この二点だった。

多少の理由も考えていた。

自分はどうも朝は頭がすっきりしない、木津先生のお兄さんという人が、校長の言う大脳生理学の専門家なので木津先生を介して相談に乗ってもらっているが、専門家として仰るには中にはそういう体質の者がいて、そういう者は朝無理をするよりも自分の体質に合わせた方が良いということだ。運動も急激にやめたり、また急に始めたりするのは、特に発育盛りの身体には悪いらしい。

馬鹿馬鹿しいほどの言い分だが、この時の私はよく出来た理由だと考えていた。特に、木津先生を介して、というくだりについては甚《いた》く満足していたのである。

澄子の伝言にせっかくの勢いをそがれて困惑したが、一瞬のうちに結論は出た。

香織のことは何にも増して優先する。

私は澄子に背を向け、逆方向に廊下を走り、昇降口から体育館へ続く渡り廊下を一気に走り切った。

生徒会室は、演壇に向かって左側、ピアノの向こう側にある。

私が生徒会長になってから、この部屋へ生徒会の役員連中を召集したことはまだ一度もない。

特にそれが必要になったことがまだないのだ。

香織は、確かにピアノの前にはいなかった。

体育館に入ってからはゆっくり歩き生徒会室の前へ来ると、ドアが完全に閉まり切っていない。一応閉まってはいるのだが、ノブの部分が入り切っていない。

私は、ノックをせずいきなりドアを引いた。

長机にうつ伏していた香織が、すっと顔を上げて私を見上げた。さほど驚いた様子ではない。

「どうした、気分が悪いか」

「ううん、大丈夫。間に合ったのかな」

「顔が青白い。大丈夫か」

「大丈夫よ。一寸疲れてるだけ」

香織は笑顔を作っているが、その表情に精気がない。そのことがまず気に掛かったが、今香織は妙なことを言った。

「間に合ったって、何が」

私は、そのことを訊いた。

「ここへ掛けて」

香織は、いつもの背筋をすっきりと伸ばした香織に戻り、自分の真向かいの椅子を指した。

正面から香織の表情を観察した。

新学期に入ってからの香織は、沈んでいるというのは当たらないが、妙に静かな表情をしていることが多い。悩んでいるというのは当たらないし、思い詰めているというのでもない。落ち着いているというのも核心を衝いた表現とは思えない。強いて言えば、淡々としているという言い方が一番近いだろうか。

そういう状態だから、疲れていると余計に目立つのだろう。

その表情が目の前に在る。

「隼人。あなた、村岡先生とまた一戦交える気だったの」

「やっぱし余計なことを言って」

私は、澄子のことを詰《なじ》った。

「違うの」

「先に断りを入れておこうと思っただけや」

「何を断っておくの」

「これからも朝は授業に出られん。試験前でもクラブ活動はやる」

「やめなさい。やめて」

香織は、思い詰めている。

自分は、やはり香織をそれほど追い込んでいるだろうか。改めて、職員室が居場所である香織のその職員室での姿を想像した。

「職員会議でまたやられてるのか」

「そういうことはいいの。今、村岡先生はあなたの様子を観てるわ。あなたの方からまた喧嘩を売りにいっては駄目」

　喧嘩を売るという言い方に少し機嫌を損じ、私が不愉快な表情で黙っていると、香織は、

「本当は一時間目から授業に出て欲しいわ。でも、あなたは聞かないでしょ」

と言って、私を凝視《みつ》めた。

　怒っている調子ではなく、言い方も表情も寂しそうである。

　私がどういう言い方が今の香織にはいいのかと考えてしまったところで間が空いてしまい、香織が同じ調子で続けた。

「あなたが一時間目の授業に出ない理由は、村岡先生たちも何となく分かってるみたいよ。もちろん、認めてるってことじゃないわ」

　村岡先生たちというのは、村岡の他に誰が含まれるのだろうか。一寸気にはなったが、それを聞いても何も意味はないだろう。単に、香織以外の教師たち全員という程度の意味かもしれない。

　香織が、長机の上にB四大より少し大きいと思われる紙を置いた。

　桝目に数字がびっしりと詰まっているその紙が、先週の実力テストの成績表であることは一目で判った。

　実力テストに限らず、中間試験や期末試験もそうだが、試験の結果というものは個人名を明記し、科目別、全科目合計点を一覧表にして、合計点の順位表の形で教室の後ろに貼り出される。一位から五十四位まで、誰がどの教科で何点取り、合計で何番目だったか、すべて詳らかにされるのである。

私たちはそういうことに疑問を感じたことはなかったし、慣れてもいた。

恐らく明日にでも貼り出されるであろうその結果表を、香織は持ち出してきたようだ。

「隼人は一番だったわ」

香織は、寂し気にも聞こえる、静かな同じ表情で言った。

このことについては、香織はもっと喜んでいいはずだ。その言い方といい、表情といい、嬉しさというものを真直ぐに感じ取ることが出来ない。

「見て」

香織は、私の側に紙の向きを回した。

私は、確かに一番上に自分の名前があることを確認した。

「一番河合隼人、合計五百八十六点。嬉しいわ、隼人。よかったわね」

五十点満点の科目があるので、九科目の合計満点は六百五十点である。

漸く香織は笑顔を見せたが、それは声と共に弱々しかった。

「二番の佐々木君が五百八十点。際どいところね。数学は三人が同点、国語は佐々木君が九十八点で隼人が九十四点。全科目制覇は成らなかったけどね」

「さっきからそれが不満か」

私が多少すねたような調子で応じると、香織は慌てた。

「違う、違うわ、そうじゃないわ。この調子で頑張ろう、ね、隼人」

香織は、私がびっくりするほど必死に訴えている。

香織がいつだったか、思い詰めたように、

「一番になろうよ」

と、私に言ったことがある。それは自分自身に言い聞かせているような言い方でもあった。

あの時以来、私は確かに試験の点数というものを意識するようになった。就寝前には、各科目の参考書をまるで小説を読むように最初の頁から読んでいる。同時に、ポケットサイズの薄目の英和辞書を別に買い求め、これも最初の頁から読んでいくという奇妙な勉強方法を実践していた。

「これで村岡先生ももう暫く様子を観ていると思うの。確かに僅かな差しかないけどあなたが一番なのよ。全教科の平均が九十点を超えたのよ。誰も何も文句、言えないでしょ」

香織は、確かに自分自身に言い聞かせているようでもあった。

五十点満点の科目が含まれているので、今までそういう形の平均というものを計算したことはなかった。

「点数さえ良ければ何をしてもいい訳じゃないけど、でも、今あなたの方から村岡先生の所へ行くことはないわ。お願い、やめて」

私は、試験の点数というものをこの時ほど重く意識したことはなかった。これまでにはない香織の切々とした様子を観て、ぎりぎりでも一番でよかったと思った。

私は、黙って香織の目を凝視《みつ》めていた。

いつも涼し気なその目には、明らかに零れ落ちる寸前の涙が溜っていた。

そのことに心を奪われていた私は、この時香織の身体についての重大事に気づくべくもなかったのである。

4

私の誕生日は、ちょうど夏至《げし》の頃に当たる。

昭和三十六年の誕生日で、私は満十五歳を迎えた。

最も日が長くなるこの時期、梅雨が明けているということはなく、日が長くなっていることをあからさまに感じることは少ない。まして、近江湖東地方は快晴という日が少ない土地柄で、晴れやかな季節の到来を実感するには七月を待たなければならない。

七夕の日に一学期の期末試験が終わり、その日の午後、私と香織は開放感に満ちて田舎道を自転車で疾走していた。

目指す先は金剛輪寺《こんごうりんじ》である。

最後の三科目めの試験は保健体育であったが、答案が回収されるや否や私は学校を飛び出し、昼飯も食わずに自転車で家を出て、香織の住む多賀を経て八日市の方へ向かって下る国道が犬上川を渡る所で香織と落ち合った。

辺り一面の深い緑を吸い込むのであろう、川の水もすっかり夏の色になっていた。

落ち合ってからずっと、香織が私の前を走っている。香織が作っているこのスピードが、何よりも香織自身の開放感を表していた。

香織は、真直ぐに伸ばした背中を少し前に倒して、やはり真直ぐに伸びた両手で低い位置のハンドルを握り、時々、

「大丈夫、隼人」

と、後ろを走る私に、前を見たまま叫んでいる。

「軽い、軽い」

と、私が大声で返すと、

「隼人に勝てる訳ないよね」

と、同じように大きな声で返してくる。

まだ陽は高く、簡易舗装の路面から熱気が立ち上がり、行く手の風景が揺れている。香織が、その定まらない、風に揺れ動くカーテンに描かれた水彩画のような世界に向かってひたすらペダルを扱《こ》いでいる。

薄いブルーの短いスカートから伸び切った脚が活き活きと上下に運動し、白いソックスと白地に濃いブルーの二本の線の入ったスニーカーが心地良さそうなリズムで回転している。テニスをしている時と同じサンバイザーの下の髪は、やはりテニスの時に見掛ける形で後ろで結い上げてあり、その分長くなった襟首に白いスリーブのないブラウスの襟を立てている。このままテニスコートに立っても似合うだろうと思いながら、例によって野球用のアンダーシャツの私は、香織を追っかけていた。

多賀、甲良、秦荘《はたしょう》と続くこの一帯は、所謂近江平野の中心部へ差しかかる辺りで、鳥居本近辺

とは異なり、山は遠ざかっていて一面に水田が拡がり、所々に小さな林が平凡な風景にアクセントを付けている。

秦荘の松尾の三叉路で東に折れると、金剛輪寺に至る。

秦荘という地名は、この辺りが古代において織物を担った帰化人が住みついた土地であることを示している。

金剛輪寺は、百済寺《ひやくさいじ》、西明寺《さいみようじ》と並んで湖東三山として有名であるということを香織から教わってきたが、湖東三山という言葉を聞いたことはあるものの、それがどういうものであるかを私は知らなかった。

香織の私への授業によれば、天台宗のこの寺は奈良時代の開山であり、鎌倉時代に建造された入母屋《いりもや》造りの本堂は国宝に指定されているという。西明寺の本堂と三重塔も国宝であり、史跡旧跡には事欠かない土地柄にいる者の慣れとはいえ、迂闊《うかつ》なことだったと私は反省したものである。

一度に三山を観て回るのは決して不可能ではないが、順番に行こうということになり、私が金剛輪寺を選んだ。一番立派そうな名前であったからという選択の理由は、香織には言わなかった。

山門に辿り着いた時には、二人共顔にも薄っすらと汗をかいていた。ここまで一気に駆け抜けてきたのだ。

山門の前に私の背丈ほどの石柱があり、行書っぽい文字ながら金剛輪寺と読めた。石柱の手前にある灯籠も、原村の八幡神社のものより一回り太くて立派だ。

山門の柱の脇に自転車を置き、奥を見通すと階段状の参道が長く登っている。想像していたより遥かに広大な寺らしい。

香織も、これは難儀なことだと思ったに違いない、私を振り返って、

「一寸休んでいかない」

と、笑った。

二人は、山門の柱の石の台座に並んで腰掛けた。

強さを増してきた夏陽が山門の屋根に遮られ、香織が持参してきた魔法瓶の麦茶で喉を潤している内に漸く周りを観察する余裕が出てきた。

ここの参道は長そうだ。その上、ずっと登り勾配になっているのが、山門の所からも見て取れる。まださほど多くはないが、蟬の声が紛れもなく夏が到来したことを実感させてくれる。松、杉、楓を始めとしてこれだけの木立に囲まれていれば、八月になれば蟬の声は騒音の域を超え、轟音となるだろう。

私は、そういう蟬嵐の午後が特に好きだった。私の村でもそうであったが、余りにも凄まじい蟬嵐の中に身を置くと、それは逆に世間から隔絶した静寂の谷間に落ち込んだかのような錯覚に陥るものだ。この静寂は、残酷なまでに人が独りぼっちであることを思い知らせるところがあるが、決して寂しくはならない。むしろ爽快である。

私は、また香織から魔法瓶を受け取りながら、もっと夏が盛んになった夏休みに入ってから来た方が良かったかもしれないと思ったりしていた。

試験が終わった日に行こうと言い出したのは、香織である。

特に異議を唱えることは、何もなかった。私は今までと違って、試験というものにかなり精神的なエネルギーを使っていたのである。元々勉強そのものは嫌いな性質《たち》であったから、試験が終わった瞬間の気分の良さが半端なものではないことを既に知っている。

最初の実力テストで、辛うじて一番になった後、中間試験では総合点を五百九十四点に伸ばし、個々の科目別でもすべて一番を確保した。

この時も香織は、前日、用務員室にいた私の所へ成績表を持ってきたが、黙って私にそれを手渡し、あれほど切々と願っていた全科目制覇を成し遂げたというのに、和室の窓際で成績表に見入っていた私を黙って凝視《みつ》めていた。その時は、全く黙っていた。そして、私に近づき、いきなり両手で私の顔を抱き、自分の額を私の額に押しつけ、そのまま遂に何も言葉を発しないで用務員室を出ていったのである。

その時、香織自身が試験の当事者である私以上に神経を磨り減らしていることがひしひしと伝わってきたのである。

どうあれ、香織が今日のように生き生きとした様子を見せるのは久しぶりのことだ。

「このお寺は天台宗でしょう。信長はこのお寺も焼き払おうとしたの」

香織が、参道の奥に目をやりながら、いつもの香織らしい話をした。

「そこで住職は、本堂ではなく別の塔頭《たっちゅう》の一つに火を点けて、自分たちで焼いておりますのでわざわざお越しいただくには及びませんと言ったんだって」

「それで信長は信じたのか」

「そうみたいね。結局、百済寺が焼かれたのにこのお寺の本堂が無事だったのは、住職のそういう機転が利いたからだっていうお話が残ってるの」

「ほんまかよ」

「信長もせっかちよね」

香織は、本当に可笑しそうに笑った。

「近江全体とか天台宗全体のことを意識していて、細かいことに気をやっている余裕がなかったのかもね」

「寺を焼く気迫は大したもんやけど、信長は無茶をやる」

「日本人には珍しい気性の持ち主だったたと思うわ」

実際のところ、これだけの寺を焼き払うのは勿体ない。

私は、改めて辺りを見回した。

参道の奥を見通して気づいたのだが、参道の右側に小さな地蔵が幾つも並んでいる。よく見ると、首の辺りに赤い布を付けている。

「地蔵が涎《よだれ》掛けを付けてるみたいや」

と私が言ったのを契機《きっかけ》に、香織が、

「さ、中へ行こうか」

と、起ち上がった。

香織がバスケットを持ち、私が魔法瓶を持った。

地蔵の所まで来ると、地蔵はその先にも並んで、延々と続いている。

「千体地蔵って言ってね、全部で千のお地蔵様がいるのよ」

「沢山あるから千体と言うただけと違うのか」

「さあ、どうかしらね」

夏の白昼だからいいようなものの、日の短い季節の夕刻にでもこれだけの地蔵に囲まれたら薄気味悪いのではないか。

ちょうど紫陽花《あじさい》の時期で、途中至る所で重そうな青い花の群れに出会った。ここの紫陽花の青は淡白な青ではない。濃密な青をしている。

楓の葉の緑も、ことさらに濃く見えた。単にこの季節のせいだけだろうか。

濃い緑の中に濃い青が群生し、足元に並ぶ地蔵が深紅の衣装を纏《まと》う。私は、香織にどこか異空間へ誘《いざな》われていくような気分がした。

参道の途中に宿坊や庭園へ通じる道があったが、私たちは一気に参道を登り詰め、いかにも古びた三重塔の前に辿り着いた。

今にも朽ち果てそうな三重塔の周囲には、一面紫陽花が咲き誇っている。果てるのを待つばかりに見える塔と、盛りの勢いを誇示するかのような紫陽花の群れが、不思議に落ち着いた対照を見せている。

また身体は汗ばんでいた。

「見て。凄いでしょ。このお寺は紫陽花でも有名なのよ」

香織が自慢気に言う。

塔の横手に大きな杉が日陰を作り、その草の上に香織がバスケットから取り出した薄青い布を敷いた。風呂敷より大きい布は、二人が腰を下ろすには充分過ぎる大きさだった。

腰を下ろすと、周りの紫陽花や躑躅《つつじ》が意外に丈があり、斜め前辺りの視界も遮られ、古びた三重塔の二層辺りから上部が完全な夏空の中にいかにも控え目に佇んでいる。

「紫陽花の咲く季節の空気って、気持ちいいわね」

香織は、紫陽花の花ではなく塔の背景になっている空に顔を向けて言った。

「この花と塔を見せたかったの」

「古いな、この塔は」

「そう。もう倒れてもおかしくない感じよね」

確かにこの塔は、修復しないと台風で倒壊するかもしれない。もう一昨年《おととし》になるが、あの伊勢湾台風の時に、よくもったものだ。

「紫陽花は毎年、毎年勢いよく咲くわ。塔が倒れたら、紫陽花の中に埋まるわ」

朽ちて花に埋まる。

香織は、それを待っているかのような調子で言う。

「このお寺は奈良時代に出来たのよ。ご本尊の観音様を彫る時にね、真っ赤な血が出たの。だからここの観音様のことを生身の観音様って言うのよ」

「赤い血が流れる生身の観音――」

「嘘じゃないわ。だから仕上げないで、粗彫《あらぼ》りのままよ」

私は疑うとか、信じるとかいう気分ではなく、ただ復唱したつもりなのに香織はむきになっている。

「それだけじゃないわ。秋はお寺中が物凄い紅葉になるけど、まるで血のように赤く染まるので、ここの紅葉のことを血染めの楓って言うのよ」

「血染め――」

「そう。京都や大阪からもその季節だけは人が来る。血のように美しい紅葉だから」

私は、通り過ぎてきた地蔵を思い出し、地蔵が付けていた布の赤を思った。

「観音様の赤い血を吸い込んだみたいな真っ赤な美しい紅葉」

はっきりとそう言いながら、突然香織は、敷いてある布の上に仰向けに身体を倒した。

頭が少し布からはみ出し、香織は身体をずらしてそれを直した。

「こうやって空を見てご覧なさい。空が随分高くなったわ」

立膝のまま、私の左側で横になった香織の脚の膝から上が半分以上剥き出しになって、私は硬直した。慌てて私も横になった。

樹木の合間から見る空は、香織の言う通り完全に夏らしい高さと色になっている。一面の空を見上げる時よりも、こうやって区切られた部分だけで見た方が、空の季節は判りやすいものだと思った。

香織の匂いが、いつにも増して強く迫ってきた。

ほんの数センチ顔を左にずらすだけで、間近に香織の胸の隆起がはっきりと目に入った。私の好きな曲線を白いブラウスと薄いブルーのスカートだけで包んだ香織が、紫陽花の濃い青の中で生身観音の血を吸ったかと思われる楓の赤を口にする。

「赤は好きか」

この時私は、色彩のことに興味を持った訳ではない。何でもいい、何か言葉を発しないといけないと本能的に感じていただけなのだ。ただ、会話の筋はむしろ鮮烈に胸に迫っていた。

「好きよ」

香織は、機嫌の良さそうな今日の雰囲気をそのまま保っている。

「血の赤が好きか」

「好きよ」

香織が、顔を私に向けて微笑んだ。間近に、香織の匂いと共に肌がある。

草いきれの中に、香織はいつもの匂いを纏い、私の左半身がその肉体の質感に圧迫されている。

「隼人は、黒が好きでしょ。きっと青も好きね、それも思いっ切りの青」

「俺は」

私は、不意に意識が遠のくのを感じた。

それから逃れるように次の瞬間、私は自分の身体を一気に左に横転させ、香織の喉首に顔を埋めていた。

蟬の声以外のすべての音が消えた。

第六章
灯明

1

私の内に決定的な変化が生じていた。

突き詰めればそれは、私が想像するこれからの人生にどうしても必要な安堵感を得たということであったろう。

十五歳の私に考え得る男と女の行為の基準に照らして、あるいは純粋に欲望の満足度合に照らしていかに不充分なものであったとしても、それを通過したこと、成し遂げたこと自体が何にも増して重要だった。

果てた直後には、それが余りにも一瞬であったことに屈辱的な恥じらいを感じた。しかし、時間が経つにつれ、また日を追って安堵感の方が勝っていった。

今まさに全身で手にした余りにも甘美な肌の感触を確認したくて、狂ったように再び香織にしがみついた時には、香織はほとんど抵抗しなかった。参道を降りる時には、黙ってはいたが私の手を取って下った。

一方で、直後にはなぜ嗚咽《おえつ》を洩らして泣いたのだろうという不安感がその後暫く、何度も頭をもたげた。

揺れ動くところはあったものの、村岡や校長の存在が一気に小さくなったことを私は知覚していた。

翌日の放課後、香織は体育館でひたすらピアノを弾いていた。

私は、体育館の南側の壁にもたれてそれを聴いていた。

ここは生徒会室の裏手に当たり、初めて香織と、その匂いを感じながら話した場所だ。今日は体育館の中からではなく、校庭の端を体育館に沿って直接この場所へ来た。

もう随分長く弾いている。

目の前のバスケット場の向こう端に向日葵《ひまわり》の列が、伸びやかにその丈を競っている。

向日葵はその花弁を常に太陽に向けると言うが、それは本当なのだろうか。目の前の向日葵は対面の体育館の上方に向かって咲いているものが多い。

向日葵という花は、余り好きではない。大振り過ぎて可憐さに欠けるということもあるが、常套に言われる情熱というものを私は全く感じなかった。

血染めの楓という香織の言葉が、参道に覆い被さっていたまだ瑞々しい楓と共に鮮明に思い返された。仮に楓がたった一本で孤独に紅葉していたとしても、観音の血を吸い込んだと言うならばそれの方が遥かに情熱的であろう。

観音の血の赤というものを、その季節にもう一度訪れて見てみよう。

ピアノの音が途絶えた。

曲間の間隔ではない。香織は、そのまま引き返したのか。

私は、校庭側の体育館の角に視線を固定した。いつものように、ピアノの後ろにある扉を出て、教室履きのまま建物に沿ってここまで来て欲しい。

永い時間が経った。永い時間に感じた。

突然香織が視界に入った瞬間、私の内に激しい怒りが込み上げた。これだけ待ち焦がれていたというのに、この怒りは何なのだろう。

それに、目を凝らして、神経を研ぎ澄ませて体育館の角を見ていたのに、今日はどうして聞き慣れた香織の足音が耳に入らなかったのだろうか。

しかし、香織がゆっくり近づき、私の傍らに蹲踞の姿勢を採った時には、一瞬の怒りも疑問も霧消していた。

それからも香織は、足許の側溝に視線を落としたり、向日葵に目をやったりして黙っていた。

私は、ただ待っていただけで、自分の方から何かを口にするという思いつきすら持っていなかった。

「ここにいること、分かってた」

これが、香織が漸く口を開いた最初の言葉だった。

「引き返したのかと思った」

「そのまま帰ろうかと思った。でも、来ちゃった」

斜め左にある校庭の南出入口に向かって帰路につく三名の女生徒が、香織に向かって軽くお辞儀をしながら挨拶の声を掛けていく。

「気をつけてね」

香織が、私に対するよりは明るい声で返した。

「湖東焼は、まだ分からないわ」

香織は、突然湖東焼のことを言った。

そういえば、いつか湖東焼を見にいこうということになっていた。あの約束は、いつのことだったろうか。香織の日直の日に登校するようになった頃のことではなかったろうか。

あの頃、私は香織とこうなることを期待していたのだろうか。

そういうことは断じてない。自分の意識というものを力を振り絞って思い返してみても、それは断じてない。

しかし。

香織に関心を持ち、香織が恋しくなり、香織との時間が何よりも価値を持つようになったのは、結局そういうことではなかったのか。自分では、断じてそれはないと言い切れる。しかし、自分の意識しないところで香織の肉体を含めてそのすべてが欲しかったのではないか。

思春期の女恋しさとは、つまりそういうことではないのか。

もちろん、己に思春期という自覚はない。ただ漠然とではあるが、大人の領域には居ないことは解っている。そして、香織は大人の領域に居る。

私の内に再び、己の矮小さを責め苛《さいな》む痛みが湧き上がってきた。

「どこかにあるはずよ。一緒に捜しにいこうね」

香織のこの言葉が、微かに沈澱していた不安を消し去った。

湖東焼のことは、まだ終わっていない。香織との時間は、まだ止まらずに時を刻み続けているのだ。

私は、

「俺は」

と言いかけて、香織を凝視《みつ》めてしまった。

香織が返した微笑は、それは優しいものだった。彼女の存在そのものを弱々しく感じさせるほど、優しいものだった。そして香織は、両膝の上に置いていた私の左手の甲に自分の右手をそっと重ねた。

この時私は、これまでの香織の匂いに酸味のような何かが加わっていることを感じ取った。それは、今まで以上に強い媚薬のように私を吸引し、私の内には思わず甘酸っぱい、何かを強く懐かしむ衝動にも似た感情が込み上げてきた。

「じゃあ、また明日ね」

香織は、私の手を一瞬強く握ったあと、ゆっくり静かに手を離し、体育館の角を曲がる時、控え目に左手を挙げて、やはり控え目に指を動かしてその意志を表現して去っていった。

この日、私と香織が交した会話はこれだけである。

しかし、これによって私は、香織の内に築いたと思っていた私という存在が崩壊していなかったことを確認し、この上ない充足感を得て帰路についたのである。

鳥居本宿の所々の家の前に打ち水が敷かれる頃、佐和山道の入口の石柱を過ぎて町の外れに出た途端、正面の佐和山山系の真上の夕空が見事な茜色に染まっていた。

山系が墨一色に塗り潰され、茜の空はグラデーションを描いて天空を染め、高きへ行くに従ってただ輝くだけで何色とも名状し難く、色を失っていく。山際《やまぎわ》だけは、黄色味を帯びた白い線となって、茜とシルエットの墨色とを区切っている。

清少納言は、この瞬間を目の当たりにして山際と山の端《は》を見分けたのではなかろうか。

この情景が、湖東の夏が盛りを迎えようとしていることを告げていた。

一学期の終業式を一週間後に控えた日に、香織と金剛輪寺へ出かけた日に終わった期末試験の結果表が、教室の後ろに貼り出されることになった。

六時限目の授業が終わってから貼り出されるので、この日は皆、授業が終わってもなかなか教室を出ようとはしない。

私自身も、今までより順位が気になってはいたが、村岡が貼りにくるのを待っているのはいかにも癪《しゃく》であり、格好悪い。

貼り出された後、皆が群がって、ひとしきりわあわあと騒いで、それが落ち着くまでにはまだ時間があることだ。私は、用務員室で時間を潰そうと思って廊下を出た。

教室を出て、右へ行けば職員室、左が用務員室となるが、廊下を出た時、職員室の少し手前で人が蹲《うずくま》っているのが目に入った。

それが香織であることは、直ぐ判った。

両手で書類か何かを胸に抱えているのだろうか。そのまま背中を丸めて両膝を廊下に付けて蹲っている。

私は、瞬時に香織の異変を感じた。

香織は、教室側の壁に右手を添え、右足から立ち上がった。そして、再び両手で書類らしき物を抱き、そのまま暫く俯き加減でじっと立っている。

私が、二、三歩その方向へ歩き出した時、香織は職員室の引き戸までの数歩を、雪道を踏み締めるような歩調で進み、こちらに背を向けたまま引き戸をゆっくり引いて職員室へ消えた。

私は向きを戻し、用務員室へ向かった。

貧血でも起こしたのかと香織を案じたが、考えてみれば香織は日頃から丈夫だ。風邪をひいたということも聞いた覚えがない。

後で用務員室へ来たら聞いてみようと、深くは考えずに用務員室へ入っていくと、あいにく誰もいない。

ここに誰もいなくても、ここは香織に会う為の場所であるから別段困ることはない。

私は、勝手に和室へ上がり込み、横になって開襟の学生シャツの前ボタンを全部外した。

暑い。

身体を起こして窓の右半分を三分の一ほど開けた。

風がなくて効果はないが、蟬の声が近くなった。

一番を佐々木か横田に譲ったとは思われない。その前の実力テストより難しいとは思わなかったから、一番は維持出来ているはずだ。

いや、自分が難しくは感じなかったということは、佐々木や横田にとっても、さらには小原にとっても同じことではないだろうか。もし、この三人の誰かに一番を奪われたら香織はどんな表情を見せるだろうか。村岡は村岡で、ここぞとばかりに一時限目のことやクラブ活動のことを言ってくるだろう。

私は、珍しく点数のことを、正確には順位のことを気にしていた。

誰かが用務員室へ来る足音がした。

これは、香織ではない。香織の足音を聞き違えることはない。ズックを履いているような音だ。

とんと、炊事場へ下りる音がして、

「隼人君、いる」

と声を掛けたのは、ジュンだった。

私は、身体だけ起こして、

「ああ。こっち」

と、居場所を告げた。

ジュンは和室には上がらず、上がり框《かまち》からシャツのボタンを外したままの私を見ている。

元来無頓着というか、屈託がないというか、凡そしおらしさというものとは縁遠いジュンなら、そのままこちらの都合など無視して奥へ上がり込んできてもいいのだが、どうしたというのだろうか。

「どうした」

私の方から、もう一度返した。

「隼人君、もう見たの」

「何を」

「凄いわ。皆、騒いでいるわ」

「何、騒いでる」

「試験の結果よ。六百点超えたわよ」

ジュンは二年生にもかかわらず、三年生の試験結果表を見てきたらしい。小さな中学校のことで、よその教室へ出入りすることは何も不思議なことではない。

「何点や、俺は」

私は、わざと無愛想に訊いた。

「六百十二点。岡田さんが、この学校で初めてだって言ってたよ」

それで、順番はどうだったのだ。私の関心は順番にある。六百点を超えたということは、まさか二番ということはないだろう。しかし、同点ということもある。そこをはっきり言って欲しい。

私は、回りくどい訊き方をした。

「何人が六百点超えた」

「そんな人いないわよ。隼人君が初めてよ」

漸くジュンらしい、歯切れのいい口調が戻ってきている。

私は、ほっとした。

この中学校で初めてでも二人目でも、今はそのことはどうでもいい。今大切なことは、一番を守ることだ。それは、取りも直さず香織を守ることになるのだ。

「サンキュ。後で見にいく」

私はそれだけ言うと、またごろりと横になった。

実際のところ、無事な結果で良かったと、改めて安堵の気持ちが湧き上がってきた。

香織と金剛輪寺へ出かけた日、そこであのようなことがあった日、その日に終わった試験でしくじっていたら自分の中で収拾がつかない。

蟬の声が、涼し気にも聞こえた。

「隼人君」

ジュンが、またジュンらしからぬ落ち着いた調子で、和室には上がらずに呼び掛けた。

「これ、読んどいて」

と言うや、ジュンは白い封筒を畳の上に置き、身を翻して出ていった。

この時私は、不穏な気分に襲われた。香織が具合が悪いなどの何らかの変調に見舞われ、ジュンにその連絡を託したのではないかと思ったのである。

しかし、それならば伝言で済むはずだ。ジュンに頼むならそれでいい。

上がり框に置かれた封筒の所へ座り込んだまま、それを手に取ると、封がされていない。四角に近い封筒はカードを入れるものらしく、四角形の縁に沿って額縁にあるような模様が浮き彫りになっている。

こういう封筒は、男子が使うものではない。従って、手にするのはどこか気恥ずかしい。

中には、これもまた四隅に花模様をあしらったいかにも女生徒が好みそうな薄いピンクの、やや小さ目の便箋が数枚入っていて、横書きの青い文字が並んでいる。

「隼人様、初めて私の気持ちを正直に伝えます」

この最初の一行が、私の意表を突いた。

よく見ると、便箋は三枚あり、三枚目の半分辺りまで小さな文字で埋められており、最後に「純子」と署名されている。

ほとんど意味を解さず、急いで斜め読みをした。

これは、ひょっとしたらラブレターというものではないか。

厄介なものを見てしまったという思いが、私を狼狽させた。男から女に送るにせよ、女が男に渡すにせよ、ラブレターというものは受け取った者が喜ぶものではないのか。自分の場合は、そうではない。決して相手がジュンだからということではない。自分はそうではないのだ。そうなのだ、巧い言い方が出来ないが、自分はそうではないのだ。

私は、正直なところ、かなり焦っていた。

その時、またこの用務員室へ近づく足音に気づいた。

香織だ。この音とリズムは、間違いなく香織だ。

私は、慌てて元の窓際に戻り、元通り横になった。そうすべきだという判断が働いたのである。

急いで、シャツの下の二つのボタンだけを掛けた。

「学校に変わったことはないですか、中辻さんちの隼人さん」

香織は、私に接する時の香織らしく入ってきた。

「校内異常なし。但し、一部に騒音あり」

私も、香織を見上げながら調子を合わせた。

「もう知ってるのね」

香織が私の頭の傍らに座り込みながら自分の言葉に戻った時、私は起き上がって窓を背にして香織に向いた。そして、香織の言葉を無視して、

「身体、どこか悪いか」

と、尋ねた。

「え、どうして」

不意を突かれた香織が、笑顔で返す前の一瞬の翳《かげ》りを私は見逃さなかった。

「さっき、廊下で見た」

「ああ、何でもないの。夏はね、時々立ち眩みがするの。いつものことなの」

私は、窓枠に背を預け、黙って香織を凝視《みつ》めた。

暫く無言で凝視《みつ》めていた。

香織の顔から笑顔が消え、目を畳に落とした。

2

彦根の城下に見識《みし》った町医者がいた。

銀座通りの東端から芹川《せりかわ》通りに入った直ぐ右手に在り、小学生の頃、母に何度か連れて行かれた。高学年になってからは、一人で行ったこともある。

私は、小学生の頃、特に低学年の頃はよく頭痛を訴えた。所謂頭痛持ちだったのである。ひどい時は食べたものを吐き、それが原因で学校を休んだことも間々あった。

小学校に上がった年の夏休みに、家の前の中仙道に沿って流れる村の川で素手で魚を捕っていた時、川へ跳び込んできた大型トラックの下敷きになり、頭に大怪我を負ったことがある。

救出されるまでに四十分を要したと後に聞かされたが、あいにく父と母は畑に出ていて留守であり、祖父と集まった村人は誰もが私は死んだと思っていたそうだ。

四歳年上の兄の担任の夫が、彦根警察署のその方面の係であったというところから、後日自分が下敷きになっている事故写真を見る機会を得たのだが、ちょうど川幅一杯にトラックが横転しており、その下の水の中に押し潰されている自分がなぜ一命を取り留めたのか、我ながら不思議だった。

頭頂部を十針近く縫っただけで事なきを得たのだが、医者からは向こう十五年くらいは後遺症が出る可能性があるので注意が必要であると言われていたのである。

私の頭痛について、母は後遺症を疑った。

吐くこともあったとはいえ、単なる頭痛を鳥居本の西山医院で済ませず、わざわざ彦根城下まで出てきて町の医者に診《み》せたのにはこういう事情があった。

因みに、その事故についてトラックの運転手からの見舞いは、菓子折り一個だけであった。日頃口にすることなどなかった上品な菓子を父が大層気に入り、何日にも分けて大事に食べていたことを覚えている。

私が、金曜日の六時限目の音楽の授業を放っぽり出して駆け込んだのはこの町医者だった。

彦根という町には、その規模の割には町医者が多い。それは、病院がないに等しいからに他ならない。

市立病院があるにはあるが、大学病院や都会の総合病院とは比べるべくもなく、建物は古く、大きくもない。第一、木造である。

病院とは、近代的な鉄筋コンクリート造りで、深刻な病人が集まる場所であるにしてももっと明るいイメージを持っているものだ。従って人々は、市立病院を、名前は病院とはなっているが、正当な病院であるとは見ていない。

病院がない所では町医者が発達するというのは母の言い方であったが、母も彦根には病院はないと認識していたのだろう。

確か、中学生になってからはここへは来ていなかったはずで、久しぶりのことだったが、医者は覚えていた。

私の目的は、心臓弁膜症の薬を出させることだった。

香織を問い詰めて白状させたところでは、心臓の心室と心房を区切る弁膜に異常があり、時々血液が逆流するのだという。それが起こる時には、胸に痛みが走り、圧迫感もあるという。

心室と心房のことは誰でも理科で習って知っているが、その間を血が逆流するなどというのは只事ではない。

香織はかつて病院で診てもらったことがあり、その時にこの病名を告げられたそうだ。小さい時に高熱を出したことがあるが、もしそれがリウマチ熱と言われる子供特有の高熱であったとすれば、後に心臓弁膜症を残すことがあるらしい。

香織は、大事はない、大事なら今までテニスなどやってこれなかった、いつものことだから心配はない、直ぐに治まることだし、それに頻繁に起こる訳でもないから今直ぐどうこうしなければいけないという事態ではないという意味のことを繰り返した。

私は、

「放っといて治るか」

と、一喝した。

香織を叱ったのは、この時が初めてである。

まるで落第点を取って萎《しお》れている生徒のような香織を見て、私はこれでは埒《らち》が明かないと思った。瞬時に、自分で医者へ行こうと決心していたのである。

医者には、自分の叔母のこととして香織が訥々と私に説明した症状をそのまま話し、叔母は性質《たち》の悪い夏風邪にやられたらしく臥せっているので自分では来られない、いずれ本人を来させるが取り急ぎ弁膜症の薬を出して欲しいと粘った。

この時、私は夢中だった。

弁膜症に効く薬があるのかどうか、そういう知識は全くなかったし、香織から聞いてもいなかった。とにかく医者に薬を出させる、それを香織に飲ませて少しでも逆流が起こるのを食い止める、それを急がねばならない。それしか意識になかったのである。

医者は、薬を出した。私の粘り勝ちだった。

ただ、家から持ち出した千円では足りずに、四百円ばかりの不足は翌週早々に持ってくることで諒解してもらった。

えらく高い薬だと思ったが、弁膜症という聞き慣れない病気に対してはさもあらんという気がしてかえって得心したのである。

翌土曜日に私は、いつもより早く登校した。

とは言っても、一時限目に出る訳ではなく、二時限目から出るには余りにも早過ぎる時刻だったのである。一時限目が始まってまだ十五分も経っていないこの時刻なら、遅刻として許容されるかもしれない。しかし、いつもと違うことをやっても、教師の方で面喰らうだけだろう。

この日、私には二つの目的があった。

一つは、もちろん昨日医者を説き伏せて手に入れた薬を香織に渡し、確実にそれを服用することを約束させることであり、もう一つはこの中学校での最後の野球部の練習をすることだった。どちらも私にとっては重大事であり、朝から気持ちが忙しかった。ついつい早く登校してしまったのは、それだけ気持ちに余裕がなかったからだろう。

出来ればもう一つ、今週中に済ませておきたいことがあった。

ジュンから受け取った手紙のことだ。

このまま黙ってやり過ごす訳にもいかない気がする。口頭にせよ、手紙にせよ、何らかの反応を返すのが礼儀というものではないか。しかし、今はとてもそこまでは神経を回せない。ああいう手紙に対する返事というのは、それだけでも大変な神経を使うものだということが身に沁みて解った。

これは来週にしようと思っていた。

野球部のこともそうだ。

本当のところは、今日は香織のことに専念したい。しかし、野球部も夏休みから実質的には二年生以下から成る新チームに切り替わる。新しい主将を指名しなければならない。

こういう日に授業があること自体に腹立たしささえ覚えた。

とりあえず用務員室に入ることは日課になっている。

案の定、澄子はまだいなかった。

澄子の職員室での席は香織の隣の末席で、それは校庭を背にしているが、それでも彼女は、私が一時限目の途中で校庭の南口から入って体育館に沿って校庭を横切るのを目に入れることがある。私の登校時間を自ずと把握するようになったのだろうか。そういう日は、すかさず用務員室へ現れる。

今日に限って澄子は、校庭を来る私に気づかなかったらしい。

しかし、それは澄子の落ち度ではない。私が彼女に植え付けた習慣を、私自身が破って早く来過ぎたのだ。

「おや、河合君、どうしたの」

中辻が、心配そうな声で迎えた。

「足の向くまま、気の向くまま来たら、早う来過ぎた」

今日は、出来るだけ明るく振舞った方がいい。

「早い方が一寸でも涼しいやろ」

私は内心で、それは気分だけの問題だと思った。現に、既に蟬の声は盛んだ。

それを口にしなかったのは、この時私は一瞬中辻に香織への伝言を頼もうかと考えたからである。

しかし、それは何かが違うという気もした。

中辻の年齢のせいか、用務員という仕事のせいか、何が私を制止したのかは分からない。

中辻がその場にいたとしても、私と香織は日頃から用務員室で逢い、二人だけの話もしている。

それでも、香織を基準にした時、私と澄子の距離と中辻との距離には差がある。ジュンとも明らかな差がある。

それは中辻が、明らかに私と香織の日頃について、時折私を牽制するようなことを口にすることがあったからかもしれない。私の思い過ごしかもしれなかったが、私にはそう聞こえる口振りが何度かあった。

「夏は暑い方が夏らしい」

私は、全く取り繕うだけの言葉を返して鞄を上がり框に置くと、もう一度外へ出た。

昇降口へ戻ると、下駄箱の前から午後の暑さに備えて覚悟を決めているかのように静まり返っている校庭に向かって、下唇を抓《つま》んで思い切りひゅーっと口笛を放った。鋭く、澄み切った音が校庭を走った。この口笛には自信がある。

直ぐ用務員室へ取って返し、

「オバさん、一寸予習する」

と中辻に断り、和室へ上がり込んだ。

香織が駄目でも澄子が来る。

私の願いに似た予感は、外れなかった。

五分も経っていなかっただろう、澄子がバタバタと音を立てて用務員室へ跳び込んできた。

「河合君なの」

と確かめながら、和室へ入ってきた。

「どうしたの」

人が、真っ当な時間とは言わないが、早めに登校して言われる言葉ではない。

「木津先生がね、隼人君かも、って言うから」

「頼みがある」

「私に」

「うん。これを先生に渡してくれんか」

私は、例の薬を鞄から取り出して澄子に突き出した。ひと月分の散薬は結構な量で、大きな処方袋となる。

内用薬と書かれている袋を手にして、澄子は怪訝な顔をしている。

「木津先生、どこか悪いの」

「いや、飲んでおいた方がええと思うて。渡してくれたら分かる」

それだけ言うと私は、鞄を持って和室に澄子を残して、慌ただしい雰囲気を作って用務員室を出ようとした。

上がり框から澄子が、私の背に、

「どこにいるの」

と問い掛けたので、背を向けたまま、

「生徒会室」

とだけ返して出た。

昇降口から体育館への渡り廊下も、体育館に入ってからも静かにゆっくり歩いた。

澄子に頼んでおけば、間違いはない。薬は直ぐ香織の手に渡る。

医者へ向かう時からの緊張感が、今漸く解けたような気分だった。

外が暑い分体育館の中では多少涼しさを感じたが、生徒会室にはまだ午前中だというのに異質の暑苦しさが充満していた。余りにも部屋が狭いせいだろう。

私は、生徒会室のドアを開け放した。

ドアの直ぐ前に、香織のいないピアノがある。

今まで香織は、私をピアノの傍らに置いて、あるいはピアノの後ろにある校庭への南出口に座る私を背にして、また三年生になってからはこうやってドアが開け放たれた生徒会室の中にいる私に時々話し掛けながら、色々な曲を弾いてくれた。

モーツァルトの「戴冠式協奏曲」も上品な華やかさがあっていいが、やはり香織はショパンがいい。特に「雨だれの前奏曲」や「別れの曲」は、香織も好きだと言っていた。

ショパンほどテンポ・ルバートを駆使した作曲家はいないと香織は言うが、何度も何度も聴かされると確かにそれ故に彼はピアノの詩人と言われるのかと、ショパンの何がしかが理解出来た気分にもなったものだ。

香織が語ってくれたショパンの話では、ジョルジュ・サンドとの恋とその別離の方が印象に残っている。彼が、サンドと別れて直ぐ健康を害し、三十代の若さで逝ったのは、それだけ身を焦がした恋であったのだろう。

弾き手のいないピアノを眺めていて、もし香織がいなくなったら自分はどうなるのだろうと思った。その瞬間、ぶるっと身震いが来たような気がした。そして、ショパンのことが一気に消え、なぜかピアノの「禁じられた遊び」が大きく盛り上がって蘇ってきた。

これからは、香織にはピアノだけで、テニスはやらせてはならないと私は固く自分に言い聞かせたのである。

結局、その日は香織と話をする機会がなかった。

午後一番で野球部のミーティングを、ユニフォームを着たまま校庭で行い、そのまま私にとっては最後の練習に入った。

この練習の前、昼に香織が用務員室へ入るのを廊下から見かけ、校庭へ出ようとした時、廊下を通り過ぎる姿も見た。

薬を渡したという安心感からだろう、香織が自分の視野に入っているだけでこの日は満足だったのである。

野球部の次の主将には、中村を指名した。

この後輩は、私が投手を務める時の捕手であり、日頃口数が少ないことと、それには似つかわしくなく試合になると激しい闘志を剝き出しにするところが気に入っていた。三塁から滑り込んでくる走者を体当たりでブロックして口から血を噴き出し、試合が終わってから歯が折れたことを白状したことがある。出来ればもう少し打撃センスがあればとは思っていたが、捕手に多い太目の体形はかえって主将らしいかもしれない。

私の最後のノックが始まった時、中村は、

「お前ら、腹から声出していけ」

と、喚くように叫んだ。

野球部では、三年生最後の練習日の儀式として、去り行く主将がノックをして最後の練習を打ち上げるという慣わしになっている。

この時ばかりは校庭を目一杯使うので、庭球部にも、今日は寺本に預けたハンドボール部にも休憩を取ってもらう。この瞬間だけは、校庭の主役は野球部の主将なのだ。

私は、三塁からノックを始めた。

私にもそれなりの感慨があった。

膝を故障して左打ちに切り替える時、家の鶏小屋の前で毎日七百本の素振りを繰り返した。雨の日は、祖父の道具が置かれている位置や柱の間隔に注意を払いながら土間で素振りをした。

今では、右投げ左打ちもすっかり身に付き、ノックも左で打つ方が細工が利く。

庭球部の者は、校舎脇の側溝に沿って一列に腰を下ろして見物している。寺本は、ハンドボール部員をレフトの後方、体育館裏のバスケット場のバスケットの下に集めて、やはり腰を下ろして休憩させている。

人数の少ない排球部の姿は見えない。

外野へ大きなフライを打ち上げる度に、庭球部の方から歓声が上がった。

ノックの仕上げはキャッチャーフライだが、これが一番難しい。

気負っていたのだろう、打球が真上に上がらなかった。それでも高さだけは充分過ぎるほど高く上がり、中村は二塁ベース近くまで走って辛うじてこれを捕球した。

全員が、本塁と三塁を結ぶライン上に並んでいる。

私は、部員を見回して大きな声を出した。

「俺の最後の打球や」

私は、少し助走をつけて全身に力を込めて、ライト方向にライナー性の打球を打った。

庭球部の方角から悲鳴のような声が挙がり、打球は校舎のガラスを突き破った。

3

私は、なぜ校舎に向けて、明らかに窓ガラスに直撃させる意図を以て、自分でも満足できるほど充分力のある打球を打ったのか自ら説明出来ない。

直撃を受けた枠のガラスを中心にして、十枚前後のガラスが破損したが、教頭の指摘した通り、もしまだ教室に残っている生徒がいたら怪我人が出ていたかもしれない。

ノックをしている最中には、全くそれをやるつもりなどなかった。

最後のキャッチャーフライを打ち上げる時はどうだったろうか。これも定かではない。

では、衝動か。

衝動かもしれない。

ハンドボール部に一人癲癇《てんかん》持ちの部員がいる。彼は、練習中に度々泡を吹いて倒れた。私たちは、そのことをよく知っているから、彼には決して無理をさせなかった。それでも彼は、時々発作を起こした。特に夏場になると部員たちは、「あいつの発作に気をつけろ」と言って注意を払っていたのだが、彼は泡を吹いて倒れるという発作を繰り返した。

衝動とは、発作かもしれない。

もし人が、私が精神を含めて病気を持っていると認識していれば、それを発作と呼ぶかもしれない。病気を持っていないと認めていれば、やはり衝動という言葉を使うだろう。

私は、当然自ら職員室にいる教頭の前へ出頭したのだが、その前に無残にガラスが散らばった一年B組の教室の後片付けをしておいた。

もちろん、他の部員には手を出させなかった。

不思議なことは、この間村岡も誰も駆けつけなかったことだ。小さな学校中が、それなりに騒々しくなっている。職員室にいる教師が、それを察知出来ない訳がないし、第一ガラスが木っ端微塵になる音が職員室に届かないということはあり得ない。

報告する為に職員室へ来ると、いつもは茫洋とした雰囲気を漂わせている教頭が珍しく厳しい表情で腕組みをしており、私を待ち構えているといった風だった。村岡も、自分の席でじっと腕組みをしていた。

香織も澄子もいた。

私は、当然私が職員室へ出向いてくると確信しているようなその雰囲気に多少腹立たしさを覚えた。教頭はともかく、村岡がそういう態度で落ち着いていることに腹が立った。

「ガラスを割りました」

教頭の前でそう言うと、教頭は腕組みをしたまま応えた。

「今日は割れたのではのうて、割ったんやな」

「はい、割りました」

「それで何しに来た」

「処分を受けに来ました」

教頭は、怪我人が出たらそのような呑気なことが言っていられるかと、厳しく叱った。このことについては、神妙に聞くしかなかった。

「割れた時と割った時では、やっぱ処分は違うと思うか」

「違うのが筋道やと思います」

この教頭とやり合う時は、表現には細心の注意を払う必要がある。

教頭が、どういう処分が妥当と思うかと尋ねるので、私は、ガラス代を弁償した上で、良くて懲罰ランニング、悪くて停学、と答えた。

「よし。自首に免じて、良くて、の方にしてやる。弁償はせんでよいから、猿山橋までランニング。ただし、三十分以内に学校へ戻れ。ゴールは朝礼台や。一秒でも遅れたらやり直しや。ええか」

猿山橋までとは、結局それはマラソンコースである。往復で七、八キロのコースだ。

マラソンについては、順位にはこだわってきたが、タイムを計ったことがない。七、八キロを三十分以内で走破するのが、難しいことなのか容易に可能なのか、その明確な判断がつかない。

教頭がストップウォッチを手にして、校庭のほとんど職員室の直ぐ前に置かれている朝礼台の上に立ち、私がその前の真下で位置に付いた時、右手の体育館の南出口の前にジュンがいることに気づいた。

もうクラブ活動は終わり、校庭にはまばらにしか人はいない。ジュンは、まだテニスウエアのままでラケットを胸に抱えてこちらを視ている。

ジュンには悪いが、今は手紙の返事について考えられる状況ではない。

教頭の「どん」という合図で、野球のユニフォームのまま私は走り出した。

ジュンの少し離れた前を走り過ぎ、校庭の南口から小学校へ通じる畑に囲まれた細い道を走りながら私は意外な成り行きに多少焦っていた。

教頭に答えた、良くて懲罰ランニングというのはその通りであったのだが、まさかその距離がマラソンと同じだとは予想していなかったし、さらに三十分以内という風に時間に制限を付けられるとは予想もしていなかった。そもそも懲罰ランニングとは反省する程度の苦しさを与えるものであるから、校庭五周とか十周というように持久力を発揮すれば済むものであったはずである。マラソンとなると校庭十周より遥かに距離は長い。そこへ時間制限を加えられては堪ったものではない。

もし、たとえ一分でも、いや数秒でも遅れたら、あの教頭のことだから本当に走り直しを命じるに違いない。

そろそろツクツクボウシも鳴き出したこの季節に、しかもクラブ活動をやり終えてそれなりにエネルギーを消耗してしまっている後で、教頭もかなり性質《たち》の悪いことをするものだ。

この時ほど、走るということが、スポーツというものが苦しいものだと感じたことはない。私にとっては、授業や試験勉強とは違って運動というものはいかなる時でも大概は楽しく、気持ちの良いものだった。体育の授業やクラブ活動がなかったら、学校ほど面白くない場所も少ないだろう。特に三年生になってからは、高校入試を意識した家庭での勉強というものも面白くなく、どちらかと言えば辛い。しかし、それらはすべて香織の立場を守る為には耐えなければならないことだ。自分の試験の点数や順番は、香織に響く。香織の悲しむ顔や寂し気な表情は見たくない。そのことがなければ、勉強などに集中する時間は持たない。

私は、香織の感触を想って走った。この懲罰走がどこかで試験の結果と同じように香織のことと結び付いているような気がしていて、ただ香織のあの感触だけを想って走った。

この時期の私にとっては、教師の課すことはすべて香織に結び付いていたのだろう。課されたことを完遂することも、逆に反撥して拒否することも、全く同義に私の内の香織という存在に働き掛け、その振動が異常なエネルギーを生み出していたと思われるのだ。

香織は、可哀相だ。

オーバーペースになっていることを自覚しながら、私の意識は、香織は可哀相だという感情に凝縮されていった。何が可哀相なのかはよく分からない。猿山橋を折り返して復路に入った頃には、もう何も視界に入らず、ただ、香織は可哀相だという感情しか知覚出来ていなかった。

校庭に戻ってきた私は、恐らく自分でも嫌悪するような必死の形相をしていたに違いない。

教頭の姿が、スタートした時と同じまま朝礼台の上にあった。私がスタートした後、そのままそこに立っていたのか、私が戻る頃を見計らって再びそこに立ったのか、それは知ったことではない。

私は、校庭に入ってからは、実際にはどれくらいのスピードが出ていたかは判らないが、まるで百メートル走を走るような必死の思いで朝礼台を目指し、

「ゴール」

と自分で叫びながら朝礼台の教頭の足元辺りを思い切り叩いて、台の右手横の方へ二、三十メートルの距離を惰性で助走し、校庭に倒れ込んだ。

ごろりと身体を仰向けに直すと、吐く息も吸う空気も全く同じ温度のように熱い。じいっという蟬の声だけが急に大きくなった。

遥かかなたと感じられる方向から、

「二十九分三十秒。危ないとこやったな」

という教頭の声が、何の装飾も纏わずに乾いて聞こえた。

どれくらいの時間が経っていたのか、漸く上半身だけ起こして朝礼台の方を見ると、教頭がスタートした時と全く同じ体勢で、向きだけを私の方に変えて私を見据えていた。

「これで、余分なエネルギーは全部出し切ったやろ」

教頭は、それだけ言うと朝礼台を下りて職員室へ去っていった。

教頭の姿が職員室の校庭側の後ろドアから中へ消えた時、まだ激しい動悸を意識しながら校庭

を見回すともう誰もいなかった。

次第に意識が現実の中に戻りつつあることを感じながら、私は、同時に妙に清々しくなっていく気分を感じ取っていた。

教頭は、確か二十九分三十秒、と言った。

本当なのか。教頭は、本当に正確に時間を計っていたのか。

教頭は、私が余分なエネルギーを出し切ったというようなことも言った。どういう意味なのか。こっちはいつも、その都度必要なエネルギーを振り絞って生きているのだ。

でも、もうどうでもいい。これで野球部も、この一件も終わったのだ。

一年B組の教室に目をやると、ちょうど教室の真中辺りの上部の窓ガラスは見事に枠だけを晒し、周囲の枠のガラスも何枚かが無くなっている。

私は、香織との生活に不要な何かを一つ消し去ったような気分を覚え、さらに清々しくなった。

翌日の日曜日が、香織の日直に当たっていた。

盛夏に差しかかると、もはや午前も午後もない。盛んな夏の陽が、校庭から昨日の一件の痕跡を跡形もなく消し去っていた。

珍しく、香織がこんな時間から体育館でピアノを弾いていた。

私は、昇降口に自転車を放り出すと、校庭を体育館に沿って引き返し、ピアノの真後ろのドアを叩いた。

ピアノが不自然に終わり、直ぐドアが開いた。

「急に弾きたくなったの」

香織の言い訳は、どこか弱々しかった。

「職員室にいなくて大丈夫か」

「別にどこからも電話はないわ」

「日直って格好だけか」

私は、そのまま体育館へ入り、生徒会室のドアを開け放って長机の前に座った。香織は、一緒に生徒会室へ入ってきて、私の向かいに座った。

「ピアノ、弾きたいんやろ」

「隼人、ありがとう」

「何が」

急に香織の顔が歪み、顔面に涙の筋が、それも太い筋が走り落ちた。

香織は、それを拭おうともしない。

「自分の身体のことをこんなに心配してくれる人は、今までいなかった。嬉しかった」

香織は、唇を少し噛み締めている。新しい涙が、既に出来ていた筋にまた溢れた。

「どうして。どうしてなの。どこでお薬をもらってきてくれたの」

「彦根の知ってる医者に訳を話したら、何とか出してくれた。ちゃんと飲んだか」

香織は、涙顔のまま、こくんと頷いた。

暫く濡れた顔のまま目を伏せていたが、

「どうして出してくれたの」

と、右手の指で涙を拭いながら訊いた。

「ちゃんと訳を話した」

私は、それだけしか言わず、香織もそれ以上のことを訊かなかった。

生徒会室は午前はまだ夏の陽の直射を受けないが、それを受ける体育館より既に気温が高いに違いない。この窓の向こうの向日葵は、どっちに花弁を向けているのだろうか。自転車で校庭へ入る時、そばを通り過ぎたはずだが気がつかなかった。

「毎日三回飲めと医者が言ってた。さぼるな。それと、テニスはやったらいかん。これも医者が言ってた」

医者とはテニスのことまで話した訳ではなかったが、その薬を飲むことになる患者がテニスを好きだと知ったら、恐らくそう言ったに決まっている。

「一生駄目なの」

「治るまでや」

香織は、黙っていた。

私も、自分自身の言葉に少し違和感を覚えていた。治るまでという言葉に、なぜか現実感がない。香織の弁膜は、本当に正常に戻るのか。

私自身に心臓弁膜についての知識がないし、当の香織自身が心臓弁膜の異常に正面から向き合っているという気がしない。

香織を前にして、その辺りのことはどういう風に言えばいいのか。

「一つ、お願いがあるの」

漸く香織の涙の筋が薄くなってきている。

「一度でいいから、佐和山の頂上へ連れていって」

咄嗟のことで、私は迷った。

テニスは駄目だと言い付けておいて、佐和山を登らせるというのは矛盾しないか。

しかし、佐和山は私にとって特別な山だ。その頂上から鳥居本という小さな下界を視野に入れ、神の山伊吹からどれだけの啓示を受けたことか。

伊吹の意向を受けてそれを行っているかのように、佐和山とそれに連なる小さな山系は鳥居本という小さな里一帯を彦根という町から庇護してきた。香織との今も、母なる伊吹と友なる佐和山の息吹きに育まれて私にとっての生になったとも感じられる。

その佐和山に出来ることなら香織を連れて登り、共に二人の下界をその目と身体に焼き付けておけば、二人の里は二人にとっていつまでも色褪せることはないだろう。

「あかん」

私は、目を伏せて拒否した。

「隼人がいつも登っている佐和山に私も登りたい。一度でいいの」

香織は、追い縋《すが》った。

「険しいから心臓に悪い。あかん」

私は、今度は香織を見据えてもう一度拒否した。

今度は、香織が目を伏せた。

香織は、可哀相だ。

私は、また心の片隅でその言葉を聞いた。

「昨日は大変だったわね」

香織は、そうしなければいけないといった風に、無理に話題を変えた。

香織は、私が彦根の町医者から手に入れてきた薬について、恐らく薬そのものの効能よりも、私がそこまでの無茶をやって薬をもらってきたことそのことを大切にしようとしていたのだろう。佐和山へ登りたいという無理を通すことは、せっかくの私の努力を軽んじることになると察したに違いない。

この時既に、私にとって香織の身体は、仰々しい心持ちなど全くなく自分の命よりも大切なものになっていた。この瞬間にもし、一本の矢がもはや避け難い状況で香織に向かって飛んできたとすれば、私は何の躊躇もなく香織の盾になるだろう。こういうことは、何も難しく考えることではない。男が自分の女を守るということは、単純にそういうことなのだ。

無理をして話題を変えた香織を見ていて、私の内に熱いものが込み上げた。

「教頭には参った」

「教頭先生はね、ストップウォッチを押していなかったわ」

「何、あの狸野郎」

瞬間、多少の複雑な怒りが込み上げてきた。微かにあるいはそういうことも、という憶測が頭をよぎったが、まさか本当に時間を計っていなかったとはやはり驚きだった。こっちは必死だったのだ。何が余分なエネルギーだ。ふざけるにもほどがある。

「教頭先生の思いやりよ」

「思いやりのある人間のすることとやない」

「もしも、万一あなたが三十分以内に戻らなかったら、たとえ僅かな差でも間に合わなかったら、あなたを救いようがないじゃない」

「最初から無理やと思ってたのか、教頭は」

「そうじゃないと思うわ。万一のことだわ。万一、ほんの少しでも間に合わなかったら、教頭先生が少しだから勘弁してやると言ったとしても、あなたが承知しなかったでしょ。教頭先生だって、あなたの性分はよく分かってるわ」

では、実際のところ、私は三十分という制限時間内で走れていたのだろうか。私は、そのことが気になってきた。

「俺は、教頭に勝ったのか、負けたのか」

「また、勝ち負けなの」

香織の顔から、すっかり涙の痕跡は消えていた。

「あなたは勝ったわ」

「どうして。時間が分からんのに勝ったも負けたもないやろ」

「隼人は勝ったの」

香織は、ドアの先のピアノの向こうに、高くなりつつある陽が落とす灼熱を真正面から受けて光っている校庭が鉄の栈越しに体育館の中へも輝きを投げ込んでいる様に目を泳がせながら、ひとり言を繰り返した。

香織がそう言うのなら、それでいいが、私はまだ教頭に対する憤懣を完全には拭い去ることが出来なかった。

「どうしてもご不満ですか」

香織が微笑みながら、例の顔を少し右に倒す仕草を久々に見せた。

「もう一度やるなんて、言わないでね。もう一度ガラス割らなくちゃいけなくなるわ」

私は思わず笑ってしまった。

考えてみれば、もう一度ガラスを割る段取りの方が遥かに難しい。

「ね、廊下クイズやろうか」

香織の表情に明るさが戻っていた。

廊下クイズというのは、私と香織が、香織の日直の日に時々やっていた遊びである。

廊下に敷き詰められている板には縦にも継ぎ目がある。この縦の板目一つを単位として、香織が出す問題に私が正解すれば私は次の板目まで進むことが出来る。職員室の前からスタートし、交互に問題を出し合い、正解を重ねて廊下の尽きる所、一年A組の前の廊下の端まで行き着き、そこからまた引き返してくるのだ。

問題のジャンルは問わない。問題を言う方が正解を知っていれば、どんな問題でもよい。そして、問題によっては問題を言った方が正解だと認めればいいというルールになっている。

問題は、日本史や世界史に関わるものが圧倒的に多かった。時々、香織は音楽の問題を出した。私は、香織との差が出始めると、軍艦の名前を言わせたり、大和と武蔵の排水量はどちらが多いかなどと民主社会にあるまじき問題を出して香織との差を挽回するのが常だった。

香織は、時折突拍子もない問題を出した。

「六本の樫の木があります。そして、五匹の猿がいるの。全部の樫の木に同時に猿を一匹ずつ登らせるにはどうすればいいか」

というような、まるで頓智《とんち》のような問題を出して、思案する私をくすくす笑いながら楽しくて仕方がないといった様子で見ているのである。

この廊下クイズは、最後までやり遂げてどちらかがゴールしたということがない。大概途中で、それは大概香織だったが、

「ね、見て。パンジーが咲き始めてるわよ」

などと正門前の花壇の変化に目を奪われて、そこから花壇へ行ってしまったりして横道へ逸れて終わってしまうのだった。

私はピアノの後ろのドアの外に置いたままにしておいたズック靴を手に持ち、私たちは職員室へ向かった。

昇降口で私がズック靴を下駄箱に入れ、自転車に掛けたままにしておいた鞄を取り、自転車の

位置を下駄箱の反対側の端の方へ寄せていると、香織はまだ渡り廊下の途中にいる。

　後ろで結い上げた髪は薄いブルーのリボンのようなもので止められていて、ノースリーブの白いブラウスと黒の短めのスカートがシンプルに対比して涼し気に見える。教室履きのサンダルの甲の皮が、髪を止めているリボンのブルーとほとんど同じだ。

　手を真直ぐ下ろし、拳を軽く握って夏の陽を真っ向から撥ね返している校庭を見ている。校庭のどこかを見ているというのではなく、顔を動かすこともなく端正にじっと立ち、ただ校庭を見ている。

「どうした」

　私は、振り返って声を掛けた。

「ううん。私、治ったら隼人にテニス教えるんだ」

　香織が笑顔で追いついてきた。

「あんなもん、自分で出来る」

「だって、隼人の打ち方ってまるで野球だもの」

　随分前に寺本と庭球部の練習にちょっかいを出しにいったことがあり、指導していた香織に笑われたことがある。香織は、その時のことを言っている。

　私は、職員室の澄子の机の上に鞄を置く時、香織の机の上が広くなっているのに気づいた。香織は、既に職員室前のスタートラインで待っている。

「机、整頓したんか」

私は、中から声を掛けた。

「だって、暇だもん」

廊下の香織は、生徒が整列する時のように直立して位置に付いていた。

廊下の板目は、すべてが横に真直ぐ揃ってはいない。少しずつずれているが、何枚か間隔を置くと同じ位置に板目がくる板がある。

いつもじゃん拳でどの板のラインに立つかとどちらが先に問題を出すかを決める。

このじゃん拳は、香織が勝つまで続くことが多い。一度目に負けると香織は、

「三回戦よ」

と言って、さらに続けるからだ。

「今日も一応じゃん拳、やるのか」

「当然でしょ。フェアプレーでいかなくちゃ」

「仕様がない。フェアプレーをするか」

私は、パーを出した。香織のじゃん拳は、多くの場合チョキから始まるのだ。

「勝った、じゃあ、私ここだから、さ、問題言って」

香織は、既に立っていた窓側の位置で足許を見て、私に出題を促した。

私は、教室側に香織と同じ位置の板目を見つけ、香織と同じ姿勢を採った。一直線の廊下は途中で正面昇降口を横切るが、その場所に右手の校庭から光の帯が差し込み、廊下を遮断している。正面昇降口のさらに向こうの廊下が、光の帯に遮られて霞んで見える。

「アカシアの雨がやむとき、を唄ってる歌手は誰」

「何、それ。西田佐知子」

私の第一問を嘲笑《あざわら》って、香織は、私が「正解」と言う前に三、四メートル先の次の板目へ進んだ。

「じゃあね。私が一番好きな戯曲は誰の何という作品でしょう」

「他の人間が答えられん問題、言うなよ。オスカー・ワイルドのサロメ」

私も、香織が「正解」と言う前に香織に追い付いた。一瞬、金剛輪寺の血染めの楓のことが甦った。

「次。ワグナーのタニマチは誰」

私は、小さな動揺を隠して平静に続けた。

「タニマチはないでしょ。ルートヴィッヒ」

香織がまた先へ進む。

「じゃあ、これもサービス問題だからダブルね。鉄砲の伝来と秀吉の刀狩は何年」

「一五四三年、一五八八年」

この日、香織は徹底して日本史の問題ばかりを出した。それも、私が間違うことはあり得ない問題ばかりを投げ掛けてきた。

私は、音楽の問題に徹した。すべて香織の試験に出てくる問題であったり、香織から聞かされて覚えたことで、香織が答えられないはずがない。

香織が一つ進むと、直ぐ私が横に並んだ。

なぜこういう展開になったのか、分からない。私の神経は、何かに過敏になっていた。

香織は、私が追い付いて横に並んでも、私の方を見なかった。自分の足許と廊下の行き着く先を見やりながら、ただ一心にこの廊下クイズを楽しんでいる風だった。

昇降口の所では、正解すると一気に向こう側へ渡ることになっている。香織が先に昇降口を渡り、向こう側の廊下の端に立った。

次の香織の問に答えて、私も昇降口を渡ることになる。

校庭から差し込む盛りの夏陽が昇降口に溢れて、香織の後ろ姿が薄く暈《ぼか》された。

香織の出題に少し間があった。

「へい、どうした。日本史はネタが尽きたか」

「ううんとね」

と、香織はまた間を置いた。

「次はね、算数でいこうかな」

香織は、数学と言わずに算数という言い方をした。

香織の背が、一層きりっと伸びたように見えた時、香織が問を発した。

「隼人が、隼人がね、隼人が二十歳になった時、香織さんは何歳だ」

一瞬、学校中の空気が止まった。蟬嵐が遠退いていく。

光の向こうで香織の背が、小刻みに震えているように見えた。

4

狂おしい夏だった。

向日葵さえ萎《しお》れて見える灼熱の中で、私は湧き上がるそれ以上の熱情に任せてその夏を過ごしたのである。

今まで以上の頻度で香織に会った。

その都度、どこかで香織は可哀相だと思い続けていた。それにもかかわらず、私自身がさらに香織を追い詰めていたことが、分別出来ていなかったのである。

初めて香織と水道場のそばで言葉を交した頃、香織は憧れとして輝いていた。今香織は、明らかにそれとは違って見える。

輝きが失せたというのではない。春なら早春でも晩春でもなく、秋なら初秋でも晩秋でもない、四季それぞれに最もその季節らしい色と香りを放つ瞬間がある。空気がその季節に相応しく、ほど良く定まるという一瞬の時があるものだ。香織は今、私にとってまさに香織の季節らしく、ほど良い色と匂いを纏って私を包み込んでいると感じていたのだ。

そういう香織は、憧れとして輝いていた香織よりも遥かに美しかった。

ここ数日の香織は特に、灼熱の空気にただ黙って、抗《あらが》うということを忘れて涼し気に浸っているという風だった。

それを感知していた私は、逆に草が萌え立つかのようにありったけの精気というものを香織にぶつけていたと言えようか。

いよいよ夏休みを三日後に控えた二十二日の土曜日は、ことさら暑い日となった。

すべての教室の窓が開け放たれている。職員室の窓も、校長のいる応接室の校庭側に付いているたった一つの窓も、学校中のほとんどの窓が開け放たれている。

これは、扇風機というものがないので窓から外の空気を入れるというのとは少し違う。外の大気そのものが熱いのだ。

教室の窓を閉めておくと、教室の中はさらに温度が上がる。窓を開け放っておけば、空気が流れる。悪くても大気以上の熱さにはならない。

それはそれで、里の向こうに待っているであろう世界を常に意識している少年少女の誰にとっても開放的な、少なからず心躍る季節だった。

この日、学校の大掃除と草取りをやらねばならない。先に大掃除を始め、途中から男子生徒だけは校庭の草取りを先に始めるのだ。その為、この日は土曜日だというのに弁当が要る。

私は、用務員室で握り飯を食っていた。

用務員室には扇風機があった。もちろん、そのことが、わざわざ用務員室で弁当を食う理由ではない。

香織は、少し遅れて来た。

「美味しそうなお握りだこと」

香織が、私の向かいに座って自分の小さな弁当箱の薄い布の包みをほどきながら言った。

「先生も麦茶の方がよろしやろか」

中辻は、そう問いながらも既にコップに入れた麦茶を小さなお盆に乗せて持ってきた。

「いつも済みません」

香織は神妙な礼を言っている。

中辻が炊事場の方へ戻ったのを見届けて、私は香織に確かめた。

「薬はまだあるのか」

「ええ、大丈夫。あなたが貰ってきてくれたのはひと月分よ」

「休みになったら、切れる前にもう一回行ってくる」

「ううん、私が行かなくちゃ。お医者様に症状もちゃんと言わなくちゃいけないから」

香織は、綺麗に並んだおかずを短い朱の箸で口に運びながら素直に応えた。

廊下クイズの時以来、香織は随分素直になった。

香織が算数クイズの形で年の差を一気に表に出してきたあの時、私は激しく香織を詰った。

「だって、これだけは縮まらないわ」

と香織が声を震わせても、

「縮めなあかんのか」

と、私の興奮は収まらなかった。

「隼人、あなたと私は、私たちは」

と、香織が涙声になった時も、私は怒鳴るような言い方をした。

「教師と生徒や、今は」

さらに間を置かず、香織を睨みつけて繰り返した。

「今は、な」

この、今は、という私の怒声で香織は私をじっと凝視《みつ》めていたが、その後俯いて黙ってしまった。職員室へ戻ってからも、香織は、澄子の席に座った私の右手を自分の左手で固く握り締め、顔だけは真正面に据えたまま、右の拳を口に当てて嗚咽を必死に堪《こら》えていた。

「今日はどうして何度も涙が出てくるの」

と泣いて、また次の言葉を必死に捜しているかのようだった。

「私は、今はあなたの先生よね」

と言った頃に漸く落ち着きを見せた。

「あなたに、何を教えることが出来たかしら」

私にも、それが国語だ数学だという類の話ではないことは理解出来ていた。何を教わったか、自分でも解らない。何かを教わったという自覚そのものからして危うい。

それではまずかったのだろうか。

切腹に悩み、一方で例えば思春期のあり余る欲望が為せる性の処理にまた罪悪感を感じて悩み、その反動でまた己の出自が求めていると思い込んだ士道という精神に異常な憧れを抱いてきた私の不安定極まりなかった情緒は、香織という女性の存在によって確かな安定を得たのではないだろうか。それだけではまずかったのだろうか。

ふと気づくことは、では香織にとっては自分は何なのかということだ。香織に何ものかを与えることが出来たのか。それは、余り考えてこなかった。それを考えると、また私の、せっかく得た安定が揺らぐことを無意識に恐れていたのだろう。

しかし、回顧して解ることではあるが、香織にとっての自分は何であるかという風に香織の側からの自分に目を向け始めていたことは、幼かった私の大きな変化ではなかったろうか。

とにかく、あの廊下クイズの日以来、香織が顕著に素直になったことは事実である。

「草取りなんか、出ることはない」

私は、二個目の握り飯を手にしながら、香織に忠告した。気持ちとしては命令したかったのだが、常に教師たちの間での香織の立場を考えてしまい、少し憚られて言い方が弱くなってしまった。香織が弁膜症という病を抱えているという、後悔を伴うほど遅く知ってしまった現実が重くのしかかり、炎天下で草取りなどをやらせたくなかったのである。

「そうもいかないわ」

香織は麦茶をひとくち口に運び、目を落としたまま応えた。

「大丈夫。テニスみたいに激しい訳じゃないから」

「草が茫々になってる訳やないし、あんなもん、ハンドボール部と野球部だけで充分や」

私は、ひとり言にしておいた。

せっかく何事にも殊勝な反応を見せ始めた香織を、余り雁字搦《がんじがら》めにしたくはない。

香織を和室に残し、先に私が教室へ戻ると、村岡が既に掃除や草取りの段取りについて教室に残っていた生徒に注意を与えていた。

特に改まったホームルームのような形ではなく、教室の入口近くに立って周囲の生徒に、最後に黒板も水拭きをしておくようにというような指示を与えている。

「あ、河合」

村岡は私に気づくと、

「一寸話がある、来てくれないか」

と、ことさら事務的に言った。

「職員室ですか」

「そうだな、いや、直ぐ行くから先に生徒会室へ行っててくれないか」

生徒会室は、私と香織の言わば聖域である。村岡などに来て欲しくはない。もちろん、口にして拒否出来ることではないし、気に入らないという程度のことであってそれほどの大事でもない。

私は、手ぶらで生徒会室へ向かった。

昇降口へ折れる出口で、用務員室から遅れて出てきた香織と出遭った。

香織は、どうしたの、という風に顔を一寸右に倒し、軽い笑顔を私に投げ掛けた。私は、香織が傍らまで近づくのを待って、

「村岡から生徒会室へ呼ばれた。体育館へ来るな」

と小声で告げると、昇降口へ降りた。

渡り廊下に差しかかった所で振り返ると、香織はまだそのままの位置と体勢で私の方を視ている。

体育館と雖《いえど》も、午後になるともはや冷気というものは全くない。誰もいない夏の体育館には、轟々と蝉嵐が反響している。

私は、この騒音の中に、同時に気の遠くなるような静寂にも通じるこの騒音の中に身を置いていたくなって、暫く立ちすくんでいた。

これが、夏の静寂というものだ。

「お、ここにいたのか」

村岡が、肩を上下に揺する例の歩き方で体育館へ入ってきた。

首だけを回して村岡を捉えていた私は、村岡が私のいる体育館の真中辺りへ近づいた時、くるりと向き直って正面から彼を迎える体勢を採った。

一度、この担任と正面からやり合ってみよう。不意にそんな衝動に駆られたのである。

「何の話ですか」

私の方から口を切ると、村岡の足が止まった。

「生徒会室へ入ろう」

「いや、あそこは暑いです。人に聞かれてまずい話でも、今は誰もいません」

村岡は、明らかに躊躇している。

人と人が対峙して話をする時、椅子に掛けて話を聞くとなると、自ずと双方の関係が明確に感じられ、聞かせる側と聞かされる側という立場の関係が浮き彫りになるが、不思議なもので立ったまま向き合うとそれが希薄になるものだ。

私にそういう計算が出来たはずはないのだが、いつも職員室や教室で私に説教や注意をする村岡が今日は違って見えた。常に反撥していたとはいえ、教師と生徒という関係が前提にあり、日常のこととして当然の威圧を感じてきたことは否めない。

今日の村岡には、それがない。

恐らくこれも、この夏の私の迸《ほとばし》る精気というものが作用していたに違いない。すべては、私の内なる問題であったと言えるだろう。

「じゃ、手短に言っておこう」

「手短に頼みます」

この私の応えが、また村岡の何かを制したようだった。村岡は、一瞬間を置いた。

「木津先生とのことだが」

私は、心底動じるものがなかった。彼が言うことは、大概香織に結び付くことだという予測もあった。

「もう夏休みになる。くれぐれも最後まで慎重にな」

「夏休みに何を慎重にやれということですか」

「もし万一だぞ、万一新聞記者なんかに中学校の桃色事件として書かれてみろ、大変なことになるぞ」

「桃色事件というのは、いつ起こったんですか」

「ああいう連中は、何でも面白半分に書き立てる」

「新聞記者が来るんですか」

「そういうことじゃなくて、お前の将来を考えてこれ以上親しくするなと言ってるんだ」

「学校の体面、いうやつと違うんですか」

「ふざけるな」

「先生が面白可笑しくしてるんと違うんか」

元々神経質そうな顔をした村岡の左頬が、ぴくぴくと動いた。

「この学校で誰と誰が親しいかよう知らんけど、そいつらにも言っといたらどうや。新聞記者が来るかもしれんから注意せえって。いっそ、掲示板に注意書きを貼っといたらどうや」

そう言い放つと私は、さっさとその場を去った。

内心、穏やかではなかった。しかし、これでいい。今、村岡が何と言おうと、ここは毅然としていなければいけない。自分がうろたえては、香織を守ることは出来ない。

確かに、香織は教師で自分は生徒だ。しかし、それはたまたまそうであるに過ぎない。自分が遅れて生まれてきたので、今現在はたまたまそうであるに過ぎないのだ。

体育館の出口で私は、振り返って村岡に大きな声で告げた。

「先生、小さい教室を皆でゴチャゴチャ飯事《ままごと》みたいに掃除してるのは効率悪い。野球部とハンドボール部で校庭の草取りするから」

私は教室に戻って、寺本にハンドボール部に指示を出すように頼み、野球部の中村にも指示させることを依頼しておき、先に校庭へ出た。

私が先にいないと、部員たちも出辛いだろうと思ったのである。運動部に籍を置く連中は、勉強に限らず室内でやることを余り好まないのだろう、私の心配していたより遥かに嬉々として校庭に集まってきた。

この校庭の草取りという行事は、草が伸びて何かに支障が出るから行うというものではない。夏休み前の恒例行事に過ぎない。校庭のあちこちが雑草だらけになるほど私たち運動部は怠慢ではないし、大人しくもなかった。日頃の激しい練習で校庭で伸びやかに生育出来る草など、たかだか知れたもので、校庭の大部分は散々踏みつけられた土であり、それも擦り切れた土である。雑草が生えている場所は、校庭の南端から数メートルの帯状の僅かな一帯に限られる。

私は、四十名近いハンドボール部と野球部の部員を校庭の南端に一列横隊に並ばせ、草取りを開始した。

十五分ほど経ってからだろうか、三々五々という形で教室の掃除が終わったと思われる生徒が草取りに加わってきた。男子生徒ばかりで、本当に教室の掃除が終わったのかどうかは疑わしいが、教室はもうこれで粗方《あらかた》片付いたと判断すればそれでいいことだから、こういうことは生徒の判断で行えばいいのだ。

男子生徒たちは皆、雑談を交しながら緩慢に手を動かしている。

私は立ち上がって、一応大声を出しておいた。

「おい、俺たちは職員室から丸見えやからな、一応格好だけはつけとけよ」

その時、正面昇降口の方から四、五名の女生徒が現れた。

その中に香織もいることが、直ぐ判った。

私は、その一団が来る前にこちらから歩いていき、ちょうど校庭の真中辺りで鉢合うことになった。

香織は縁のある白い大きな帽子に白いホットパンツ姿で、ブルーの二本線の入った白いシューズには見覚えがある。金剛輪寺へ行った時にこのシューズを履いていた。手には、軍手より薄地の白い布の手袋を持っている。

ジュンもいた。

この一団は、庭球部の面々だった。

「直ぐ終わるから、せっかくやけど帰れ」

私は先にジュンに向かって、そして香織に視線を移して言った。

「私たちは邪魔だって言うの」

ジュンが挑戦的に反応した。

「はっきり言って、邪魔。無駄なことをしても仕様がない」

「皆でやることになってるじゃない」

「掃除も草取りも手分けした方が早いやろ。くそ暑いのに何でもかんでも皆で皆で言うて、だらだらやることないやろ」

「隼人君が決めることなの」

「ああ、俺の考えや。担任には言ってある」

この、若干険悪なやり取りに香織が割って入った。

「ジュンちゃん、隼人に任せておこうよ。生徒会長が仕切ってるんだから」

ジュンが、頬を膨らませた。

渋々といった様でジュンが仲間を促し、引き揚げる際に、

「隼人君は先生を大事にしてるだけよ」

と、誰に向かってともなく憤懣を口にした。

私は、その背に、

「ええとこのお嬢さんはお家で庭弄《いじ》りでもやってろ」

と、罵声を浴びせた。

ジュンが一瞬振り返り、きっと睨みつけたが、口惜しそうな表情を私に見せつけただけで去っていった。

取り残された香織は、何事もなかったように笑みを湛えている。

「言われちゃったじゃない」

「実際のとこ、人数足りてる」

「ジュンちゃんに冷たくしちゃ駄目よ」

「あいつは下級生の分際で生意気や」

私は内心、これで例の手紙の返事を出さずに済むと楽になったところもあった。

話題を切り替えるつもりで、私はどこかの夏祭りへ行こうと誘った。

香織は、躊躇なく承諾した。
そして、また顔を軽く右に倒して、
「隼人の夏って、忙しそうね」
と笑って、私には眩しい脚を見せて引き揚げていった。

5

里の子供や少年にとって、夏祭りが特別に刺激的な催しということはない。春祭りにしても秋祭りにしても、それは特別に日常とかけ離れた存在ではなく、強いて言えば鯖寿司《さばずし》や巻き寿司が食べられるという楽しみが加わる程度だった。春祭りと夏祭りには、餅つきを行うのが習わしであり、これは楽しみというより重労働の部類に入る家事手伝いとなる。

原村では夏祭りは行われない。それに代わって子供が主役となる地蔵盆がある。春や秋の祭りより、私は八月の下旬に催される地蔵盆を気に入っていた。今は中学生で、地蔵盆の主役からは卒業しているが、小学生たちは昼間からリヤカーを仕立てて村の家々を回る。

それぞれの家が、お供え物として西瓜や真桑《まくわ》、桃、トマトなどという収穫した果物や胡瓜《きゅうり》や茄子《なす》といった夏野菜を出してくれる。

リヤカーは、たちまち満杯となり、途中で神社へ引き返して臨時こしらえの祭壇の前に集めておき、また残りの家々を回る。

こうやって集まった供物を五、六段の祭壇やその周りに飾り、祭壇を中心に筵《むしろ》が敷き詰められてテント屋根が、これも臨時に張られる。テント造りの社《やしろ》には提灯が下げられ、周りには燭台が置かれ、参道の灯籠に灯された灯明と相まって夜の神社には、夏の一夜に華やいだひと時が齎される。

「そばかんかん、神さん参り、蠟燭一丁お上げや～す」

と囃す子供たちの声が、神社の裏山の闇に溶け込んでいくと、それは山の神々の歓びの声と共鳴するかのように幾重にも重なり、水面に波紋が広がる様にも似てどこまでもどこまでも拡がっていく。

香織を地蔵盆に招くのも悪くない。

香織を祭りに誘った時、私は一瞬それを思った。しかし、原村は狭い。香織は、恐らく目立ち過ぎる。

二十五日から夏休みに入り、七月の晦日《みそか》が香織の日直だったが、ハンドボール部も庭球部も練習日に当たっていて、もはや現役ではない私は職員室を根城にして時々後輩の練習を見る為に校庭へ顔を出した。

その時香織は、庭球部のコートのそばへ行って、やはり練習を見ていたが、香織は余り指示を出すでもなく、ただ見ているという風だった。

職員室へ戻って、

「ジュンちゃんが元気ないわ」

と、香織が私の顔を見ながら言うので、

「俺のせいか」

と返すと、香織は、

「そうよ、隼人のせいよ」

と、真面目な顔をして言ったのが気に掛かったくらいで、どういう出来事もなく、六時頃二人して職員室を出ようとした。

「忘れ物ないか」

と、私が扉の所であくまで形式的に口にした時、後ろで香織がじっと自分の机を見ている。

香織の机は、この前廊下クイズをやった日から綺麗に整頓されていたが、この日はさらに広く整頓されていて、上には鉛筆立てとバインダーしかない。

「席替えでもするのか」

「そうなるかも。一寸間が空くから家へ持って帰るものもあるし」

香織は、バッグ以外に紙の手提げ袋を手にしている。

「今度はいつ」

「日直を替わって欲しい人がいるからまだ決まってないの。万燈祭《まんとうさい》の日には決まってると思うわ」

祭りに行くという話は、結局多賀大社の万燈祭の最後の日である八月五日になり、ただその日、多賀大社一帯は人出も多いので近くの芹川から高宮の花火を見ようということになっていた。

「祭りの日はどこへ来る」

私は、会う時間と場所を確かめておいた。

実はこの時、私は気づくべきだった。香織がなぜ素直な雰囲気を漂わせるようになったか、なぜ神妙な態度を見せるようになったかを、結果として為す術がなかったとしても気づくべきだった。

私の暴走が頂点に達していたこの時期、当然気分も昂りの絶頂にあり、見るべきものが見えなくなっていたとしか思えない。

後年になって初めて気づくことではあったが、人は、すべてを失う直前にこそ抗いようのない絶頂感を味わうものではないだろうか。

草木が爛々と萌え、夜の空気にも艶かしさが色濃く残る里の夏であったことが、私を惑わせていたとも思えるのだ。

多賀大社万燈祭もそんな夏の夜に繰り広げられた。

香織の住む多賀は多賀大社の門前町であり、多賀大社は伊勢神宮の親神となる伊邪那岐大神《いざなぎのおおかみ》と伊邪那美大神《いざなみのおおかみ》を祭神としている。

この夫婦の神様から生まれたのが天照大神《あまてらすおおみかみ》であり、伊勢神宮が天照大神を祭神とするところから湖東一帯では「お伊勢お多賀の子でござる」という言い古しがあり、私たちも幼い時から教わるでもなく自然と耳にして、知っている。

何しろこの神社の名は古事記にも現れており、八百万《やおよろず》の神々を造り、皇室の氏神である伊勢神宮の神を生んだのであるから、この国の始まりは多賀に在ると言ってもいい。

しかし、このことは私にとっては大いなる誇りであったが、民主主義になった当世ではこのことはかえって肩身を狭くしなければならないことでもあり、人々はほとんど多賀の由緒を口にはしない。

もし、佐和山のように私の原村の至近であれば、私は黙っていなかっただろう。

多賀大社への往来《いきき》は近江電車が唯一の交通手段で、香織はこの近江電車で多賀から高宮、彦根を経て鳥居本へ通っているが、原村からは中仙道を自転車で大堀を経て、土田から大社へ向かえば三十分もあれば充分だった。とはいえ、徒歩では行き辛いところから、多賀も多賀大社も近在とは言えなかった。

それでも、近在では雨上がりの雲が南西に流れることを「雲の多賀参り」と言う。祖父が伊吹降ろしを確かめる時と同じ姿勢で、曲がった腰の後ろに両手を回して小雨になった空を見上げ、

「多賀参りしよるさかい、もう晴れる」

と言うのを聞く時、多賀大社の存在を自分の日常の空間に感じるのだった。

立秋を目前にしたこの夕、私と香織は多賀の外れの芹川に架かる高野橋の袂《たもと》で、万燈に灯が入って一時間後くらいに落ち合うことにしていた。大体八時くらいに着いていればいいことになる。

万燈祭には幾千もの大社の氏子たちの献灯が飾られ、それは何段にも飾らないと飾り切れない数だといい、参道はここそが幽世ではないかと見紛《みまが》うほどに幽玄な光に包まれるという。

私はまだ、それを見たことがなかった。

もしも私と香織が、肩を並べて万燈の光の中を歩いていても、誰もが訝《いぶか》しがらない二人連れであったのなら、私は何を躊躇することもなく香織をそれに誘っただろう。学校ではもちろんのこと、例えば長浜の町であっても、あるいは彦根の町なかであったとしてもそのような頓着は全くなかっただろう。それがこの時ばかりは、壁となって私に立ちはだかったのは、そこが多賀であったからに違いない。

多賀には香織の家庭が在る。

心躍る季節に後押しされ、心が昂ぶるままに香織に向かって突き進んでいた私ではあったが、この現実だけは心の一番深いところに沈澱していた。そして、その沈澱物には手を触れてはいけないという気がしていた。

万燈祭の輝きに背を向けて芹川の高野橋に来ることになる香織はやはり可哀相だと思いながら、私はまだ薄暮の名残りのある早めの時間に高宮に向かって自転車を駆っていた。

万燈祭の賑わいなどどうでもいい。香織と二人になれる空間があれば、たとえそれが漆黒の闇の中であったとしても、自分にとってはどこよりも輝き、どこよりも甘美な、どこよりも熱い世界なのだ。

ペダルを扱《こ》ぐ脚に力が入った。

大堀で東に折れて土田に差しかかった辺りで、私は芹川を渡り、芹川の南岸の土手道を鈴鹿の山に向かって走った。

芹川は、多賀の山奥、鈴鹿の山中を源として、私の原村の直ぐ南、今通り過ぎてきた大堀を経て、彦根城下の南外れを流れて琵琶湖に至る。少し南方に並行して犬上川が流れている。

近江には、大小二百を超える河川があるが、そのすべてが琵琶湖に注いでいる。近江の山々が蓄えた水は琵琶湖となって湖国近江を育み、その安穏を見届けた上で瀬田南郷《なんごう》の洗堰《あらいぜき》から京、大阪へ向かうのである。

立秋が近いという紛れもない証左であろう、昼間はまだ盛夏そのものの暑さだったが、この夕刻近くから艶かしさの中にも多少空気の落ち着いた感があった。

表層の景色にはまだ晩夏と言うには稲の青さや木々の緑に落ち着きというものが定まっていなかったが、夏が充分に熟し切った後の夏の終わりの直前に降りてくる、次の季節を予兆させる夕闇の冷めた気分が感じ取れた。

私にとって、夏の終わりというのはたった一日、いや一瞬の時である。

それは、大概晴れた午後のことだが、刷毛《はけ》で描いたような雲の色が突然薄くなり、風の匂いが何も混じり気のないものに変わる。それは、まさにほんの一瞬のことなのだ。そういう、あ、今夏が終わるという瞬間が、八月も終わりに近づくと必ずある。

その時期、私はいつも細心の注意を払って街道を歩き、校庭で空を仰ぎ、たまたま教室に居れば窓の外に神経を注いでいる。

そして、この夏の終わりを確かに身体で受け止めた時、一抹の寂しさを感じると共に、どこか清々しい安堵感を得るのだった。

高野橋には早く着き過ぎた。

遠く斜め左手の空が明るく燃えていた。それは黒い塊に囲まれ、周りの薄闇の世界と切り離されて独り燃えている。黒い塊は、大社の杜《もり》であろう。多くの社は、その茫と燃えている炎の中に在る。

私は、橋の袂の手前の草叢に自転車を倒して、橋を渡り始めた。

橋の中程まで来た時、下流の空にぱっと光の輪が踊った。少し間を置き、どんと鈍い音が届いた。

私たち原村の子供が幼い時から高宮の花火と呼び、村の南外れから見物していた花火を、私は初めて違う場所から見た。

私は、木の手摺りに両腕を乗せ、一定の間隔で少し青味がかった下流の夜空を染める光を眺めていた。少し遅れてその合図が届く度に、香織は早く来ればいいのにと、橋の袂に目をやった。

後ろの大社の万燈の灯と、前方の高宮の花火の彩りが人々を吸引しているのだろうか、橋を渡る人はいなかった。

人々は、光に引き込まれている。

幾つかの光の輪が立て続けに舞い上がって連なって落ちた時、袂に人影のシルエットが立っていた。

シルエットは、光に背を向けて立っている。

それが香織であることは見紛うはずがなく、私はゆっくりと、躍る心を見透かされないようにゆっくりと近づいた。

浴衣に赤い緒の下駄を履いた香織が、水色の団扇《うちわ》と小さな灯明飾りを片手に下げ、首が絞られた、砂金をちりばめたような布地の小物袋をもう一方の手で胸に抱くようにして立っていた。

「御免なさい、待った」

「花火を見てた」

香織は、左手の下流の、何もない、ただ少し青味を帯びた薄墨色の空に目をやった。

ただそれだけで、香織は黙って、私が今上ってきた土手を下流に向かって歩き始めた。私は、香織に従った。

花火が上がると香織は、

「わあ、綺麗」

と、控え目な歓声を挙げたが、足を止めなかった。

並んで歩いていると、香織の匂いがいつもより強く感じられる。香織は、私に肩を寄せて歩いたが、私を見なかった。

川の両岸近くは、石の河原になっているが、中程にはこの季節でも充分な量の水が落ち着いたリズムで流れている。琵琶湖を抱くように囲んでいる山々が、琵琶湖に注ぐ川の水をひと夏でも枯渇させることはない。

香織が、木枠と和紙で出来た小さな灯明飾りを掲げて見せる時、土手に入ってから初めて私に顔を向けて笑顔を見せた。

「いいでしょ、これ。河原で灯すの」

さらに二、三分も歩くと、民家の姿もすっかり消え、左手には水田と思われる闇が広がっていた。

夏草の少ない所を選んで、私が足場を作り、香織を導きながら河原へ降りると、また下流の闇の上空に光の輪が拡がった。音と光の輪に、やはり少し間隔があった。

降りた河原は意外に小さな石で敷き詰められていて、そのままでも腰を下ろせそうだったが、香織は降りてきた川岸近くに狭い砂地の場所を見つけ、持っていた小物入れから風呂敷ほどの大きさの布を取り出して敷いた。

香織に促されて腰を下ろすと、後ろの土手が余計な音を遮断し、せせらぎが夜の音の主役となった。土手の草は、土手を歩いて来た時見下ろしていたものより随分と丈がある。

ここまで歩いてくる時には気づかなかったが、もう松虫や蟋蟀《こおろぎ》が鳴いている。芹川には、夏の盛りと初秋の芽が混在していた。

真夏の象徴のように思っていた花火が、急に遠くのものになっていく気がした。橋の上で感じたそれより随分と遠くに、光の輪が一定の間隔で闇の中に踊った。

香織はその度に顔を左手の琵琶湖の方に向け、

「わあっ」

と、また控え目な、形式的とも聞こえる歓声を挙げている。

花火とは無関係に、辺りは闇の中にあるのに何かの微かな光を得ているのだろう、薄い墨絵のような輪郭を示している。向こう岸の土手も、土手の樹木も闇と同じ色をしているのに、闇とは区切られている。

随分と沈黙が続いた。

私は、夏の終わりの話をした。

「その夏の終わりって、今年はまだなの」

「まだ早い。あと二週間かな」

「うっかりしてると、分からないものなの」

「多分」

「今まで、分からなかった年ってあるの」

「ない」

香織は、この夜初めて可笑しそうに声を挙げた。

「隼人は、そういうことはいつも自信たっぷりね」

「実際いつも分かる。突然やけど」

「ふうん。夏の終わりってそうなんだ。一日で終わるんだ」

香織は、また黙ってしまった。

また暫く沈黙が続いた。

それは私にとっては、期待して予感していたことをどう進めればいいのか分からないといったぎこちなさからきている。

私は、思い切って左手で香織の肩を引き寄せ、右手を香織の浴衣の胸に差し込んだ。

世の中に、これほど柔らかい感触というものがあるものだろうか。甘酸っぱい匂いとその感触に、私は目眩《めまい》を覚えていた。

意外にも香織は、浴衣の上から浴衣の中の私の手をその感触の中心にきつく押し付けた。

「隼人」

香織の声が、少し擦《かす》れて聞こえた。

「私は、もう先生じゃないのよ。教師じゃないの。鳥居本からはいなくなるの」

衝撃が紛れもない音を発して、私を襲った。その衝撃には、確かに音があった。

私はその音に気圧されて手を引こうとした。

香織が私の手をさらに強く自分の胸に押さえ付けて、

「いいの」

と、激しく叫んだ。

「私を確かめておいて」

香織は、静かな口調に戻った。

「御免なさい、御免ね。七月末付の退職願いを出して、私はもう教師じゃないの。もう学校には行かないわ。行けないの」

私は、何か言わなければいけないと焦ったが、何も言葉が出てこなかった。

「卒業まで、あなたが卒業するまで持ち応えられなかった。御免なさい、御免なさいね」

香織の声は擦れてはいたが、強く、芯があった。

「あなたは、私の懐かしい夢だった」

香織は、深い息を吐くと、両手でさらに強く私の手を押さえ付けた。

思春期の少年の身体とは、何と悲しいものだろう。

私は、朦朧《もうろう》とした意識のまま、全身で香織に反応し、香織は私を全身で激しく受け止めていた。

何があったのかさえほとんど知覚出来ていない時間から漸く醒めた時、香織の足許に心細気な灯を灯した灯明飾りがあった。

もう、花火の音が届かない。

周りの墨絵の輪郭が戻ってきた。

香織は身繕いを確かめてから、一歩一歩足許を確かめながら流れに向かっていった。

流れの前で一寸立ち止まったが、そのまま左手で浴衣の裾をたくし上げ、流れの真中に向かって躊躇を見せずに進んでいく。

墨絵の中に白い脚が、左右の長さに対称をとることなく茫と輝きながら、さほど強くはない流れに抗っている。右手に持った灯明飾りを落とすまいとして左手だけで必死に浴衣の裾をたくし上げて進む姿を見て、初めて私に涙が込み上げてきた。

「隼人、あなたも来て」

香織が左半身に振り返り、細いが芯の通った声で呼んだ。

私は反射的に立ち上がり、裸足のまま激しく浅瀬を横切った。

香織の所まで来ると、香織はそっと置くように右手の灯明飾りを流れに委ねた。

灯明飾りは、石にぶつかったのであろう、二、三度くるっと向きを変えつつ、不器用に流れながら次第に小さな灯りの点になっていった。

「琵琶湖まで行くよね、きっと無事に行くよね」

墨絵の奥に消えていく小さな灯火《ともしび》から目を返した時、香織の両頬に光る筋を見た。岩にぶつかるせせらぎの音と、川辺の松虫や蟋蟀の鳴き声が急に騒々しく二人に被ってきた。夏の終わりを謳歌しているかのような秋の気配の芹川の薄闇の中で、左の太腿辺りまで浴衣を持ち上げたまま祈るような眼差しをいつまでも濡らしている香織を凝視《みつ》めていたこの時、私は初めて学校の中以外にも香織が背負っている何ものかを悟り、香織が必死で闘ってきたそれらの巨大さを思い知らされたような気がしたのである。

香織を失いたくはない。失ったら自分は余りにも可哀相だ。

しかし、香織はなぜかもっと可哀相だ。

私は、すべての力を失ったかのような香織の手を取り、香織を河原へ戻した。

香織の下駄が河原の石を踏む音を二、三度発した途端、香織が急に重くなった。

手を取ったまま振り返ると、香織は立ち止まっている。結い上げ直したはずの髪がまたほどけていて、髪は肩の下まで落ちている。

香織の方から手に力を込め、私の身体を引き寄せたかと思うと、香織は自分の髪をぐるりと私の首に回し、その端を左手で握り締めて私の自由を奪い、額を額に押し付けて、静かに、本当に静かに泣きじゃくった。

今年の夏は、思い切り早く実はもう終わっていたのではないか。私の内で何かが激しく崩れ落ちていくのを感じていた。

もう一度髪を結い直した香織が私に結んだ手を、私も固く握り締め、香織を大社の近くまで送っていった。

香織は、余りにも可哀相だ。

また、私の内で私が叫んでいた。

可哀相な香織の必死の今を、自分はどう変えられるというのか。

頭が鈍い音を響かせて麻痺している。

香織は、来る時と同じように黙っていたが、唇を噛み締めてゆっくり、ゆっくりと下駄の音を響かせ、私の手を握る力を緩めなかった。

多賀の町並み近くになると急に行き交う人が増え、町なかに入るとさらに多くなった。浴衣姿の女や半ズボンの男が、二人に視線を投げて通り過ぎていく。それでも香織は、手を離さなかった。

それは、恐らく好奇の視線であったろうが、私は何を感じ取るでもなく、ただ、今香織の手を離してはいけないと、その思いだけを反芻していた。

この先へ行けば、もうそれは何歩もないかもしれないこの先へ行けば、私と香織の時を刻んできた流れが突然止まってしまうのだろうか。今自分は、恐ろしい瞬間に向かって香織と歩いている。

緩いカーブを右に折れると、二十メートルもない先の左手から、私の身体を突き刺すのではないかと思われるほどの明るい光が、二人の行く手を阻むように帯になって溢れ出ていた。

私は、不意に立ち止まった。

あの光の角を左へ入ると、そこは大社の参道であることが判っていた。

来てしまったのだ。

私が突然立ち止まって、香織の身体が少し前へ出た。

香織は、私の手を取ったまま止まった。しかし、振り返らなかった。顔を自分の足許の少し前方に落として、学校で見るより細く見える浴衣の背を私に向けてじっと止まっている。

香織が、力を振り絞って私を引いた。

香織の全身が泣いている。

私は放心したように引かれるままに、光の帯に捕えられた。

まだ私の手を取ったまま香織は、参道に溢れる万燈の光を背にして私に向き合った。ほとんど私に密着して、私に最後の匂いを与えるかのように全身を晒して立っている。

涙の雫がその細い顎から落ちる時、万燈の光に反射して小さな光を放ったような気がした。

香織は、そのまま少しずつ後ずさりした。結んだ手と手が次第に上へ上がって、ほとんど直線になったかと思うと、音を発して切れた。

香織はそのままの姿勢で、両手で団扇と小物入れを前に下げ、後ずさりしていく。

その動きがぴたっと止まった。

「隼人」

香織の背の光が、さらに強さを増した。

「ありがとう、隼人。私はあなたの先生なんかじゃなかった。あなたのことが大切だった」

香織は、悲鳴を挙げるかのように叫んだかと思うとさっと向きを変え、私に背を向けて万燈の光の中に小走りに走り込んでいった。

万燈の灯が燃え、音を立てて香織を包み込み、小走りに駆ける香織は、一直線に黄泉《よみ》の国へ捧げるという光の中へ小さな塊となって溶け込んでいった。

香織が燃える。

私は、

「うおっ」

と、狂ったような音を発して駆け出そうとした。

次の瞬間、私の身体は宙に舞ったかと思うと砂利道に叩きつけられていた。

誰かにぶつかったのかもしれない。あるいは、屋台の柱にでも引っ掛かったのかもしれない。

砂利の感触だけを感じながら、私は万燈の灯がゆっくりと、次々と私に向かって崩れ落ちてくるのを見た。

遥か先の香織の塊が少し浮き上がり、漆黒の天に向かう炎に包まれていく。

夏が、万燈の崩れ落ちる轟音と共に去っていった。

本文ＤＴＰ・デザイン／株式会社テイク・ワン

夏が逝く瞬間　新装版

第一刷発行――二〇一六年一〇月二七日

著者――原田伊織
編集人――祖山大
発行人――松藤竹二郎
発行所――株式会社 毎日ワンズ
〒一〇一－〇〇六一
東京都千代田区三崎町三－一〇－二一
電話 〇三－五二一一－〇〇八九
FAX 〇三－六六九一－六六八四
http://mainichiwanz.com

印刷製本――株式会社 シナノ

ISBN 978-4-901622-90-5

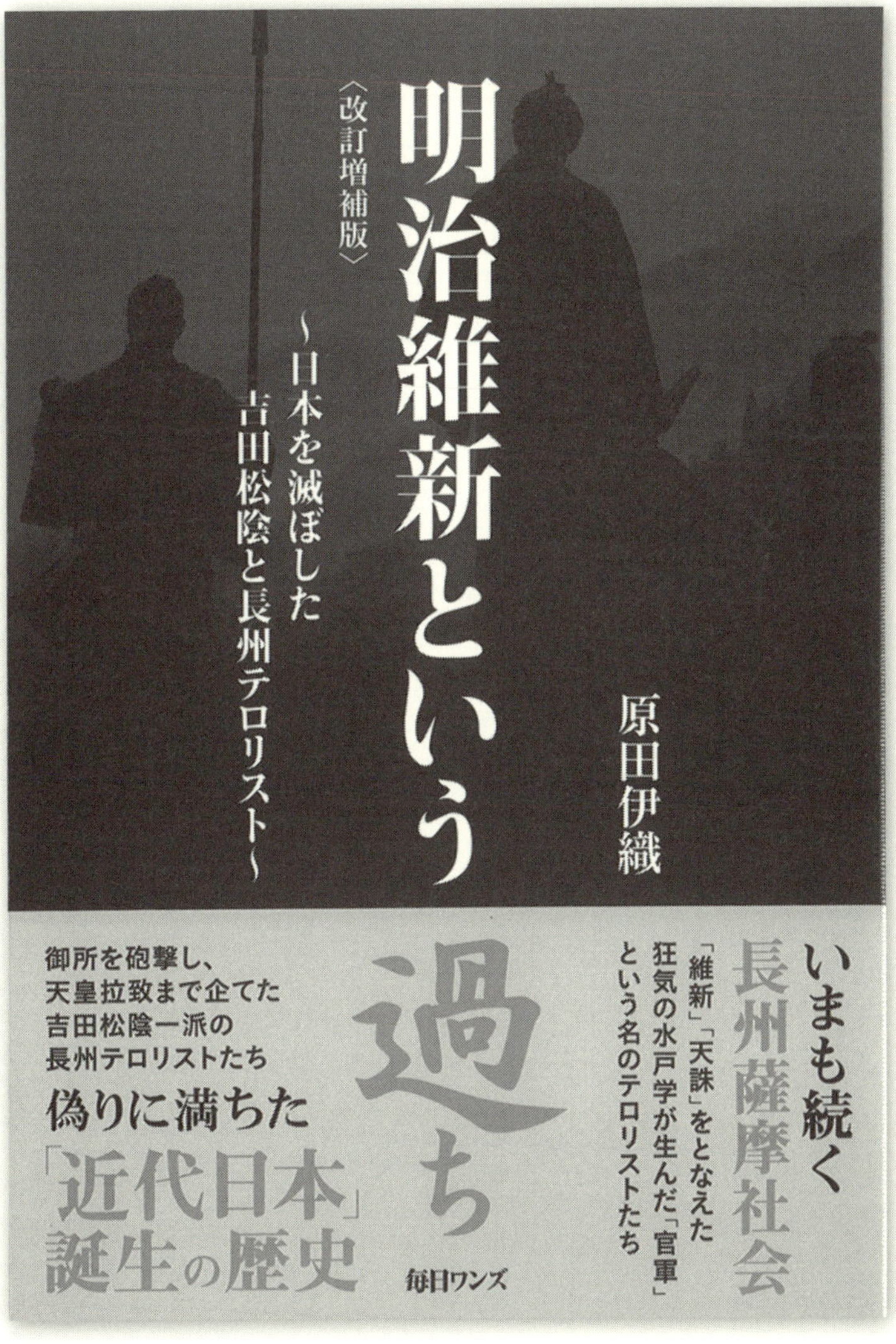

好評発売中！　　定価：1,500円＋税

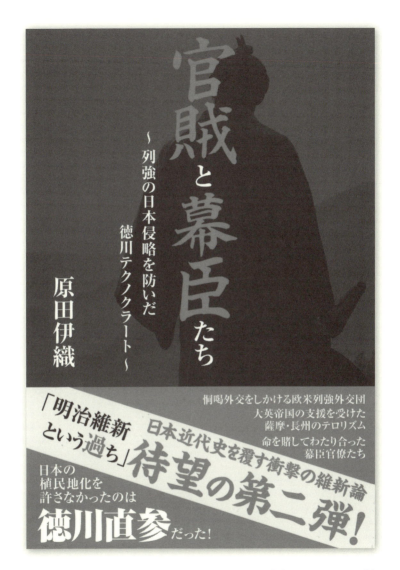